여백에 핀 꽃

김민정 수필집

초판 발행 2018년 6월 11일
지은이 김민정
펴낸이 안창현 **펴낸곳** 코드미디어
북 디자인 Micky Ahn **교정 교열** 백이랑 강슬기

등록 2001년 3월 7일
등록번호 제 25100-2001-5호
주소 서울시 은평구 갈현로 318-1 1층
전화 02-6326-1402 **팩스** 02-388-1302
전자우편 codmedia@codmedia.com

ISBN 979-11-86104-88-0 03810

정가 12,000원

이 책은 충청북도 충북문화재단의 후원으로 발간되었습니다.

여백에 핀 꽃

김민정 수필집

　처음으로 '여백'에 여러 모양의 글을 심었습니다.

　지난 3년 동안 일간지 한 코너에 심은 글들을 『여백에 핀 꽃』에 모았습니다. 일년생 들꽃을 포함하여 다년생의 화초, 고목향이 나는 그윽한 글도 심었습니다. 진솔하고 때로는 어설픈 글을 심은 이곳에 아름다운 향기와 고운 색깔을 피우려고 정성을 다했지만 부족한 점이 많다고 생각됩니다. 각종 꽃향기를 머금고 약초처럼 쓰디쓴 글도 긴 시간 다리고 다려 한 그릇 보약 탕기에 담았지만 약이 될지 가슴이 두근거립니다.

　이 책을 보시는 독자들이 은은한 향기를 맡으시며 보약 같은 힘이 났으면 좋겠습니다. 부족하지만 노력하는 자세로 깊은 마음으로 자생력과 힘을 키워 독자에게 감동과 행복을 선물하며 저 자신에게도 세상과 소통하는 통로를 만들어 나가겠습니다.

앞으로도 비어 있는 여백을 아름답고 향기로운 꽃물로 물들여 가겠습니다.

끝으로 작품 평론을 해 주신 지연희 수필가님께 감사드립니다. 또한 글이 일간지에 실릴 때마다 관심과 격려와 성원을 보내주신 지인들께 감사드립니다. 마지막으로 저의 첫 작품에 사랑을 담아 곱게 펴내 주신 코드미디어 안창현 사장님께 고마움을 전합니다.

2018년 6월 여백에 꽃을 피우면서

Contents

1

｜ 어머니의 집

구절초

뜨겁게 끓인 구절초 꽃차를 한 모금 또 한 모금 후후 불면서 마신다. 따뜻한 기운이 온몸에 퍼진다. 그대로 눈을 감고 가만히 온기를 느낀다. 첫 차는 화려함으로 마시고, 두 번째는 그윽함으로 마시고, 세 번째는 빛바랜 아름다움으로, 네 번째는 순수함으로, 마지막으로는 자연을 마시는 거라 했다.

안산 구릉진 비탈에 구절초가 많았다. 마치 정결한 여인이 하얀 속적삼을 입고 단아한 모습으로 머리를 땋아 내린 모습, 명징하게 빛나는 그 꽃을 보면 마음조차 조신해진다. 음력 구월에 들어서면 어머니는 바쁜 가을걷이 틈틈이 야산에 피어 있는 구절초를 채취하셨다. 고추잠자리가 파란 하늘에 떼를 지어 날고 제비가 강남으로 떠날 무렵이면 구절초 꽃도 따라 피기 시작했다. 줄기 끝에 한 송이씩 피는 꽃은 처음 꽃대가 올라올 때는 붉은 기운이 도는데 차차 맑은 흰색으로 변했다.

어머니는 채취한 구절초를 처마 끝에 매달아 말리셨다가 동지섣달이 되면 구절초를 삶아 추출한 물에 수수를 거칠게 갈아 죽을 쑨 다음 엿기름을 조물조물 주물러 따뜻한 아랫목에 이불을 덥혀 삭히셨다. 다음 날 아침, 삭힌 수수죽을 자루에 걸러 달여 조청을 만드셨다. 조청을 만드는 과정은 긴 기다림과 복잡하고 힘든 과정이 필요했다. 걸러낸 감주 물을 가마솥에 부어 기다란 주걱으로 휘휘 저어가며 몇 시간을 달여 냈다. 전날 새벽부터 만들기 시작하여 매운 연기에 눈물 콧물이 쏙 빠질 무렵에서야 비로소 검고 *끈끈*하고 윤기가 잘잘 흐르는 조청이 완성됐다. 빨리 조청을 먹고 싶은 마음에 동생과 나는 메케한 연기로 가득한 부엌을 드나들며 소란을 피웠다.

집안이 온통 달콤한 향으로 가득 찰 무렵 비지땀을 닦으시며 종지에 맛만 보이시고는 아직 말간 조청이 검고 끈적끈적할 때까지 작업을 계속하셨다. 드디어 쌉쌀하고 달콤한 엿이 완성되었다. 이것을 식히면 딱딱한 갱엿이 된다. 갱엿이 서로 달라붙지 않도록 한 수저씩 떠서 콩가루를 묻혀 보관하셨다. 지금처럼 약이 발달되지 않았던 시절, 어머니는 생약으로 준비를 하셨다가 추운 겨울, 보약 겸 간식으로 가족들에게 별미로 챙기셨다.

가족 중에 나는 유난히 손발이 찼다. 게다가 소화 능력도 떨어졌던 사춘기 시절에는 배앓이도 많이 했었다. 배가 아프다 하면 어머니는 구절초 엿을 한 숟가락 먹여주셨다. 그러면 조금 후에는 몸에 온기가 돌면서 소화가 되는 것 같았고 배 아픈 것이 나았다. 다섯 딸들의 몸을 따뜻하게 키워주신 덕에 결혼을 하여 모두가 자녀를 건강하게 출산할 수 있었다. 이제는 그 조카들이 모두 성장하여 하나둘 결혼을 했다.

작년 이맘때 딸애 때문에 속상하다는 둘째 언니의 긴 전화 통화에 남의 일만 같았던 일이 벌어지고야 말았다. 사십이 넘어 결혼한 딸이 첫애를 가졌지만 9주 만에 떠났다고 했다. 안 그래도 늦은 임신으로 노심초사했던 언니는 딸의 몸이 찬 것이 늘 걱정이었다며 아이가 그렇게 된 것도 그 때문이 아닌가 하여 보약을 먹여 보아야겠다고 했다.

그런데 또 얼마 지나지 않아 이번에는 결혼한 지 3년 만에 아이를 가졌던 조카며느리 역시 유산되었다 한다. 기다리고 기다렸던 첫 손자의 유산으로 실망이 컸던 올케언니는 며느리에게 아깝지만 직장을 이제 쉬게 해야 할 것 같다고 한다. 둘 다 모두 전문직에 종사하면서 과로와 스트레스가 그 원인이 된 것 아닐까 염려했지만 그렇다고 퇴직할 수도 없는 현실이다 보니 2세를 위해 어떻게 할지 고민에 빠져 있다.

언니와 올케언니의 안타까운 마음을 바라보며 어찌 이게 그들만의 문제인가 싶다. 정서적으로나 정신적으로 환경과 여건에 어려움이 많은 예비 엄마들을 난임으로 고통 받게 하는 현실이 안타깝다. 직장을 그만두면 경쟁 선상에서 도태될 수밖에 없고, 아이가 자란 후에는 경력단절여성으로 재취업이 어려울 것을 잘 알고 있으니 이러지도 저러지도 못할 상황이다.

지금까지는 온실 속의 화초처럼 곱게 자라 자신이 하고 싶은 일을 하면서 순탄하게 살아온 그들에게 처음으로 닥친 시련일 것이다. 그런 뒤로 지금까지 기쁜 소식은 들리지 않는 걸 보면 저들의 마음이 얼마나 주저앉아 있을지, 어서 빨리 건강한 아이를 출산하길 기대해본다.

요 며칠 그들을 보면 구절초 꽃처럼 깨끗하고 청아한 모습 뒤로 쓸쓸함이 보인다. 이번 일을 겪으면서 구절초의 첫 마디가 꺾어지는 지난한 과정을 넘긴 것이라 본다. 아홉 번을 꺾이고 나서야 비로소 꽃을 피우듯이 이 시련이 지나고 나면 더욱 강하고 담대한 엄마로서의 모성을 갖출 것이라 믿는다. 앞으로도 마디마디 시련이 닥쳐와도 지혜롭게 헤쳐 나가길 빌어본다.

엄마는 구절초를 닮아가는 것인지도 모른다. 구절초가 주어진 환경에 잘 적응하며 끈질긴 생명력으로 때가 되면 산비탈이나 들판 어디서나 꿋꿋이 새싹을 띄워 뿌리에서 꽃잎까지 온전히 모든 이들에게 따뜻함을 주고 질병을 치료해 주듯이 어머니 역시 삶의 무게가 아무리 무거워도 내색하지 않고 온몸을 바쳐 생명을 살려낸다.

음력 구월이면 구절초를 정성껏 따다 말려 시집간 딸이 집에 오면 달여 먹여주었던 어머니의 지혜가 새삼 그립기만 하다. 자식을 위한 어머니의 마음을 마신다.

잠옷

잠옷을 샀다. 연분홍색 꽃 나염 실루엣 상하 세트이다.

나는 젊은 사람에게나 어울림 직한 이 실크 잠옷을 여든을 바라보는 어머니께 드릴 요량으로 샀다. 무심천 벚꽃이 만개하는 봄날에 태어난 어머니께 무엇이 갖고 싶으시냐고 물으니 주저 없이 잠잘 때 입을 고운 옷이라고 하셨다. 셔츠나 블라우스가 아닌 잠옷이라는 말에 잠시 귀를 의심했다. 그러나 다시 한번 전화선을 타고 들려오는 노모의 큰 목소리는 틀림없이 잠옷이었다.

잠옷을 받아 든 어머니는 "야야 참 곱다."란 말과 함께 연신 만지작거리며 까맣게 그을린 얼굴에 비벼 보다가 한번 입어 보란 말에 선뜻 내의 위에 걸치셨다. 마음에 꼭 든다며 좋아하신다.

몇 년 전 아버지가 세상을 뜨시자 혼잣말로 "나는 앞으로 3년만 더 산다."라며 당신의 생명을 마음대로 계획을 세우셨다. 올해가 그 3년을 맞이하는 새봄이다. 설마하니 그 약속을 지키시는 것은 아니겠지!

"이제는 먹고 싶은 음식이 있으면 먹고, 가보고 싶은 곳이 있으면 구경도 다니며 내 하고픈 대로 살란다."

어머니는 혼자되신 외로움을 이제야 넘기시고 새 기분 새 마음으로 여생을 즐기는 듯싶었다. 그러나 그것도 그 해를 넘기지 못했다. 당신 자신과 한 약속을 배반하지 못하신 것일까? 어느 날 갑자기 뇌졸중으로 쓰러진 후로 무려 7년 동안을 무념무상의 세월을 견뎌 내셔야만 했다.

그날부터 어머니가 언제나 입고 계신 것은 환의丸衣였다. 환의가 곧 생활복이자 잠옷이었다. 면 혼방으로 지어진 하얀색 바탕에 하트 모양의 문양 사이로 간간이 ○○병원이라 찍혀져 있는 잠옷은 어머니의 수많은 밤을 고독과 통증으로 훔쳐갔다.

부모산의 갈바람이 삭풍朔風으로 바뀔 무렵, 어머니는 세상을 떠나셨다. 시신대 위에 하얀 천을 거두자 어머니의 몸이 드러났다. 어머니의 몸은 삭정같이 말라 있었다. 염습사는 알코올로 정성스레 어머니의 손과 발을 닦아 주었고 짧은 커트 머리에 헤어 에센스 대신 물을 뿌려 단정히 빗겨 주었다. 그리고 생의 마지막 잠옷을 입혀드리기 위해 곱게 단장을 시작하였다.

피 한 방울 섞이지 않은 염습사의 손길이 어머니의 얼굴에 닿는 모습을 보고 있노라니 순간 슬픔이 밀려왔다. 나는 여태 단 한 번도 저토록 진지한 모습으로 어머니를 닦고 감싸 준 적이 없었기 때문이었다. 염습사의 정성 어린 손길 때문인지 어머니의 얼굴이 평안해 보였다.

삶과 죽음이 나눠진 유리 벽 사이로 나는 보았다. 염습사의 손에는 억새 풀 빛깔의 빳빳한 수의가 들려져 있었다. 그것은 어머니가 마지막으로 갈아입고 가야 할 수의이자 곧 잠옷이었다.

유리 벽 속성상 훤히 그 풍경을 볼 수는 있어도 갈 수 없는 그 공간에서 육체와 영혼의 이별은 긴 시간 동안 엄숙하게 치러졌다. 어머니 곁에서는 장남과 고인이 평소 몸담고 계셨던 교회의 담임목사님이 마지막 가시는 길을 지켜보고 있었다. 목사님의 나지막한 찬송가 소리가 가족들의 울음 속으로 끊길 듯이 이어지며 애잔하게 들려왔다.

'하늘 가는 밝은 길이 내 앞에 있으니……'

잠시 후 염습대 위에 누워 있는 어머니는 마지막 예禮를 다하는 염습사의 정성으로 점점 잠자는 황후의 옷차림으로 변해가고 있었다. 맑은 빛 잠옷으로 갈아입으신 어머니는 모든 채비를 끝내고 있었다. 그즈음 염습사는 눈길로 유리 벽 너머에 가족들을 불러들여 마지막 인사를 하게 했다. 어머니는 오열하는 가족을 뒤로하고 이제는 갈아입지 않으셔도 될 잠옷을 입은 채로 그렇게 우리 곁을 떠나셨다.

나는 지금 어머니의 묘소에 가고 있다. 산소 입구에 오르자 유록빛 뽕나무가 푸른 오디를 다갈다갈 뽕잎 사이로 토해내고 있다. 꽃보다 이 연초록빛 새순이 더 마음에 와닿는 것은 이 푸른 정기를 먹고 자란 것들이 곧 아름답게 빛나는 실크 잠옷을 선물할 터이기 때문일 것이다.

어머니 묘지 앞에 섰다. 길고도 먼 순례의 길을 매듭짓고 영면하신 어머니는 신록으로 피어난 연둣빛 봄을 입고 계셨다.

왕 버드나무

계절이 잠시 내려놓았던 붓을 들었다. 초여름 산은 신록이 푼푼하다. 망울망울 피어난 햇살 아래 바람을 타고 꽃잎들을 앞다투어 터뜨린다. 산의 맑은 정기가 산마루에서 산줄기를 타고 호수와 마을로 번져 나간다.

오랜만에 친구와 근교의 둘레길에 올랐다. 청량한 공기만큼 오가는 등산객의 마음에서도 청명해지는 기운이 느껴진다. 에움길로 들어서자 나무한 그루가 발길을 멈추게 한다. 아름드리 왕 버드나무의 오목하게 팬 몸통 사이에 산벚나무가 뿌리를 박고 함께 자라고 있다. 바람을 타고 온 벚나무 씨앗이 버드나무의 둥치에 앉아 싹을 틔운 것이다.

셋째 이모는 바람 같았다. 바람처럼 매인 곳 없이 당신 마음이 이끄는 대로 흘러 다녔다.

심신이 건강하지 못했던 셋째 이모는 만혼에 어렵사리 결혼을 하였다. 특별한 직장은 없었지만 마음이 반듯한 이모부는 처가살이를 하며 이모의 뒤치다꺼리도 마다하지 않았다. 그러나 외조모님이 세상을 뜨자 이모부는 집을 나가버렸다. 분별력도 없고 사리 판단도 부족한 이모와 결혼 생활을 그나마 할 수 있었던 것은 사위를 섬기는 외조모님의 지극정성이 있었기에 가능했을 것이다. 결혼에 실패하고 마땅한 거처가 없었던 이모는 외삼촌과 큰이모 집을 드나들며 삶을 돌렸다.

이맘때였다. 집으로 이모가 왔다. 이제 막 마흔을 넘긴 그녀의 남루한 행색에 어머니는 아무 말이 없었다. 말하지 않아도 이모의 처지를 짐작하셨으리라. 맏이로써 동생을 떠올리면 늘 가슴속에 모래바람을 일으키셨다.

방 한 칸을 차지했던 나는 이모와 방을 나누어 써야 했다. 학창 시절, 학습에 전념해야 할 밤이면 그녀가 은근히 신경이 쓰였고, 있는 듯 없는 듯하면 좋으련만 편리한 성격은 쓸데없는 잔소리에 잠자리마저 편치 않았다. 나는 그런 이모가 마뜩잖아 까탈을 부리기 시작했다. 그럴 때마다 어머니는 "사람은 짐이 될 때가 있는가 하면 힘이 될 때가 있는 법이다." 하시며 달래셨다. 이모는 우리 식구의 눈치 따위는 아랑곳하지 않고 엄마의 옆자리에서 그림자처럼 따라다녔다. 당신만의 세계에 갇혀 버린 이모는 날이 갈수록 어머니에게 물기 먹은 솜을 등에 지웠다. 동그랗게 등이 굽은 어머니는 점점 늙어갔다.

그래도 이모에게 모진 소리 한번 하지 않았다. 어머니는 언니로서 마땅한 도리라 생각했던 것 같다. 내가 여고를 졸업할 무렵 무슨 생각이었는지 외삼촌은 이모를 데려갔다. 이모가 떠난 뒤 어머니는 한동안 몸살로 앓아누우셨다. 그로부터 몇 해 후 이모의 부음을 들은 어머니는 그녀의 마지막을 안정적으로 돌보아 주지 못했다는 죄책감에 시달려야만 했다.

어머니는 그 이전에도 북으로 강제징용당한 남편을 기다리다 지쳐 어린 딸아이를 놓고 집을 나간 작은동서의 딸을 품었고, 큰동서의 종손 역시 자식으로 품었다. 씨앗이 움을 트고 뿌리를 내리기까지 연약한 움을 감싸고 보호했다. 아홉의 자식과 이모에게 자릴 내주느라 둥치를 점점 불려야만 했다.

좀 가까이 가서 자세히 들여다보니 버드나무에 온 마음이 쏠린 벚나무는 빨간 열매까지 맺었다. 산벚나무를 뽑아 버려야 버드나무가 온전할 것만 같았다. 그러나 억지로 뽑아낸다면 나무가 더 큰 상처를 입을 것만 같다.

어머니의 깊었던 마음처럼 큰바람에도 요란스럽지 않게 흐느적흐느적 움직이는 나뭇가지를 바라본다. 기진했던 어머니의 삶 자락을 들춰보는 것 같아 가슴이 먹먹하다.

왕 버드나무가 싱그럽다. 잎사귀는 계절을 바꾸는 사이를 잇고 청정하다. 앞으로도 왕 버드나무도 산벚나무도 둥지에서 꼿꼿하게 잘 자랄 것이다. 버드나무에게 화답하는지 벚나무 작은 잎이 너울거리며 손바람을 일으킨다. 어머니의 아름드리 품이 보인다. 어머니는 그들에게서 힘을 얻고자 그리 사신 것일까.

그랬다. 그것은 위대한 사랑이셨다.

어머니의 두 번째 집

올해로써 친정어머니의 다섯 번째 추도식을 올린다.

아직도 이맘때면 어머니의 잃어버린 마지막 삶이 남아 있던 그곳이 떠오른다. 양지바른 산자락에 위치한 노인 병원 병실에 들어서자 어머니는 침대 위에서 온몸을 자그맣게 웅크린 채 주무시고 계셨다. 그해 88세가 되신 어머니는 생활의 일부였던 기도와 찬송도 잊으신 지 오래다. 파노라마처럼 스쳐 가는 삶의 숱한 기억도 잊으셨다. 손끝 하나도 마음대로 움직이지 못하고, 그저 때가 되면 나오는 밥을 먹고 자는 것만이 생활의 전부였다. 뇌세포가 많이 손상된 어머니는 당신의 입속에 무엇이 들어가는지, 누가 오고 가는지, 도무지 아무것도 알아보지 못했다. 무념무상의 상태로 지내온 것이 어느덧 7년을 넘어섰다.

가난한 순천박씨 집안의 맏딸로 태어나 열아홉 나이에 안동김씨 가문의 둘째 며느리로 시집오던 날, 대궐 같은 빨간 기와집 마당 한편에는 가을 추수를 해놓은 볏섬이 가득 쌓여 있었다. 가난에 한이 서린 어머니는 시집온 첫날밤부터 친정 식구들 배곯지 않게 해야겠다는 생각이 들었다.

그때부터 어머니의 친정 식구 살리기 작전이 시작되었다. 호랑이 같은 시어머니 앞에서는 밥 한술도 마음 놓고 먹을 수 없었던 어머니는, 시어머니 눈을 피해 작은 둥구미에 쌀을 담아 머리에 이고 재 넘어 시오 리 길을 온다 간다 말도 없이 단숨에 다녀오시곤 했다.

아버지는 그런 어머니를 보며 내색하지 않고 오히려 할머니의 시선을 따돌리며 어머니의 행동을 감추어 주시곤 하셨는데, 어머니는 그런 아버지가 고마워 온몸이 녹초가 되어도 행복했다. 마을 맨 꼭대기에 위치한 우리 집은 첫닭이 울면 어둠이 채 걷히기도 전에 큰 대문이 열렸다. '삐그덕' 소리가 어찌나 큰지 동네 아낙네들은 그 소리를 듣고 일어나 아침밥을 지었다.

운무가 걷히고 먼동이 트기 시작하면 농사일을 돕기 위해 모인 일꾼들 뒷바라지로 어머니의 작은 몸집은 삭풍에 이는 낙엽처럼 늘 분주했고, 바람 찬 제비처럼 빨랐다.

춘궁기가 시작되는 음력 오월이 오면, 어머니의 친정은 더욱 궁핍해져만 갔다. 근심 가득한 어머니의 안색을 눈치챈 아버지는 쌀가마니를 달구지에 싣고 처갓집으로 가셨다. 대쪽 같은 시어머니도 일 년에 단 한 번은 며느리의 마음을 헤아려 주신 것이다. 어머니의 헌신과 간절한 염원 때문인지 외삼촌 세 분 모두 약업에 종사하게 되었고, 친정집도 제법 살기가 넉넉해졌다.

어머니는 독실한 기독교인이셨다. 오직 신앙과 집념으로 한평생을 살아오신 어머니는 아버지가 영면하시고 3년 후 정신을 놓으셨다. 칠 남매의

효성이 남편의 자리를 대신하지 못한 탓일 것이다. 삶의 목적을 상실한 어머니는 하루가 다르게 현실에서 멀어져 가고 계셨다. 이제는 더 이상 커다란 대문을 열고 닫을 수가 없었다. 어머니의 삶도 함께 닫혀 버린 셈이다.

늘 푸르고 싱싱할 것만 같았던 어머니였는데, 이제는 가두리 양식장 안에 갇혀 사는 물고기와 다름없다. 양식장 안에 있는 물고기가 탈출을 포기하며 살아가야 하는 것처럼, 남은 삶은 설움과 회한만이 기다리고 있었다.

어머니의 두 번째 집이 되어버린 그곳!

이 층 창밖으로 보이는 산자락에는 진달래가 일곱 번이나 피고 졌다. 앞으로 몇 번의 봄을 더 볼는지 알 수 없다. 자식 곁에서 살기를 거부한 어머니는 아니지만 누구도 정적 속에서 깨어날 기미가 없는 어머니를 돌볼 자신은 없었다.

"등 굽은 소나무가 선산을 지킨다."라는 말이 있다. 그러나 지금은 등 굽은 소나무도 선산을 지켜주지 않고, 못난 자식도 부모 옆에 있어 주질 않는다. 우리 자식들도 그저 어머니의 병원비를 대신 결제하는 것으로 면죄부를 받으려 하지 않는가?

파도가 모난 돌을 몽돌로 만들듯이 인고의 세월을 원망하지 아니하고 삼종지도를 숙명으로 알고 살아온 어머니! 한때는 노심초사하며 친정집 식구를 봉양하고 칠거지악도 미덕인 양 여기면서 한시도 헛되이 살지 않은 삶이었거늘 이곳으로 유배되어 허허롭고 막막한 삶을 바라보니 지난 세월에 그 어떠한 보상도 받지 못하는 서글픔에 가슴이 먹먹해져 왔다.

어머니가 가늘게 눈을 뜨셨다. 손녀가 그렇게도 원하던 대학에 합격했다고 하자 허공에 눈동자를 둔 채 말을 하는 듯했지만 무슨 말인지 알

아들을 수가 없었다. 아마 축하한다는 말일 게다. 하기야 손녀의 상아탑의 장場이 아무리 좋다 해도 당신에게는 모두 부질없는 일일 것이다.

따뜻한 물수건으로 얼굴과 손발을 닦아드리자 얼굴 가득 미소를 띠신다. 이제야 모든 마음을 비워 내신 것인가! 아니면 타임머신을 타고 새벽적에 친정집을 오가며 살얼음판 같았지만 행복했던 그 시간 여행 속에서 멈추어 계신 것인가!

지금 이 순간, 나는 어머니의 티 없이 맑고 깨끗한 영혼을 비로소 보았다. 한 냥밖에 남지 않은 어머니의 삶의 무게가 육신의 질병으로 점점 가벼워지고 있을 무렵, 마지막 혼신을 다해 황혼 속의 노을 같은 아름다운 빛으로 당신의 자식들에게 비추고 있다는 것을 왜 이제야 깨닫게 되었는지! 그래서 살아계심이 더욱 고맙고 감사했다. 이 왜소한 몸에서 아름다운 빛을 내뿜는 어머니는 이미 아름다운 천국이었다.

해가 갈수록 어머니의 추도식에 참석하는 형제가 점점 줄어들었다. 그러나 큰언니만큼은 오늘도 어머니의 모습으로 늘 그 자리에 앉아 계셨다.

한 섬지기

　　진갑進甲을 넘긴 큰오라버니는 요즈음 그야말로 조르바처럼 살길 원하는 것 같다. 직장 생활로 옥죄이던 많은 끈들을 죄다 풀어놓은 듯 달뜬 마음으로 심신이 바쁘다. 퇴직 후 잠시의 휴식도 없이 부모님 살아생전 일구어 놓은 전답 위에 임대 사업을 계획하면서 서울에서 고향까지 수시 왕래하며, 부동산 사무실을 드나들고 측량에 토목공사까지 마음은 벌써 건축 준공이 다 된 듯싶다. 시내 변두리에 자리한 8차선 도로변에는 한 섬지기 논배미가 있다. 다른 땅보다 아버지의 애착이 더한 땅이었다. 일찍이 맏아들 몫으로 당연한 것이었다. 아버지의 전폭적인 지지 아래 대부분 재산을 물려받은 오라버니는 다행히 지금껏 그대로 간직하고 있다.

　　최근 그중 일부를 팔았다는 소식을 뒤늦게 알았지만, 부모님의 피땀 어린 땅이 팔렸다는 사실을 안타까워 할 뿐 칠 남매 중 누구도 감 놔라 배 놔라 말이 없다. 부모님이 작고하신 뒤 한때는 재산 때문에 모두가 팽팽하게 당겨진 활시위마냥 긴장되어 있었고 함께하는 자리가 편치 않았던 시간도 있었다.

며칠 전 공장 설계 도면을 들고 사무실로 찾아왔다. 기대에 찬 모습으로 한 동※은 당신 명의로, 다른 한 동※은 당신의 아들 명의로 신축을 해야겠다며 그래도 내가 근무하는 건설회사에 시공을 부탁하는 거라고 했다. 다음 날 공사 현장도 파악할 겸 도면에 그려진 고향의 한 섬지기 논둑에 섰다. 벌써, 주변에는 많은 공장 건물들이 차곡차곡 들어차기 시작했다. 어느새 토목공사로 논둑 경계가 사라진 드넓은 논배미 뒤로 아버지의 모습이 떠오른다.

봄이면 아버지는 모내기를 하기 위해 이 논에 물을 대고 소를 부리며 써레질을 하느라 바쁘셨다. "이랴, 쩌쩌." 따가운 봄볕 아래 소를 부리는 소리가 마을 맨 꼭대기에 위치한 우리 집까지 들려왔다. '쉰일'을 하시는 아버지 새참을 위해 아홉 살이었던 나는 어머니가 싸주신 막걸리와 빈대떡을 들고 논으로 자주 나갔다. 논둑길을 가다 보면 물뱀이 느닷없이 스르륵 내 앞을 지나간다. 너무 놀란 나머지 비명을 지르며 논두렁에 쭈욱 미끄러져 주저앉아 있노라면 아버지는 저쪽 윗배미에서도 용케 내 소리를 듣고 휘휘 달려와 주시곤 했다. 거의 쏟아버리고 남은 막걸리로 겨우 목을 축인 아버지는 내게 기다란 막대기를 만들어 주셨다. 긴 막대기로 논두렁을 휘휘 내저으며 돌아가다 보면 물뱀은 저만치 도망갔다.

"일러루 이랴 쩌쩌쩌!"

논두렁을 거의 빠져나올 무렵이면 다시 들리는 아버지 소 부리는 소리.

아직도 옛집과 논밭은 이곳에 그대로 있다. 비록 지금은 아버지의 밭은 숨소리와 모습은 보이지 않지만, 아버지의 발자취는 가슴속에 보석처럼 남아 있다.

휴식마저도 생존의 일부로 여기고 사는 중년! 삶이 힘들고 지쳐서 주저앉고 싶을 때마다 어릴 적 키워준 고향의 포근함과 봄과 여름을 견디고 맞는 가을의 넉넉함을 그리며 이겨낼 수 있었다. 말씀이 적고 우직했던 아버지. 특별히 자상하게 잘해 주신 기억은 없지만 늘 든든했던 아버지였다. 막걸리의 힘으로 농사를 지으신다던 아버지였다. 그 막걸리를 거의 반 이상 쏟아버린 딸에게 묵묵히 긴 막대기를 만들어 휘휘 젓는 시범으로 두려움을 쫓아 주셨던 아버지는 오랜 세월 내 삶의 두려움도 이겨내게 하셨다.

아버지의 노고와 헌신으로 일궈 놓은 시간을 그대로 지키고 싶었지만 고향은 하루가 다르게 변모하고 문명은 또 다른 모습으로 변화되고 있었다. 이제, 한 섬지기가 아닌 반 섬지기가 되어버린 땅이지만 오라버니의 남은 삶이 이곳에서 열매 맺기를 바랄 뿐이다.

공장 신축 공사의 첫 삽을 뜨는 날이다. 돼지머리에 막걸리, 상량식에 절을 하는 오라버니의 등에서 아버지 모습이 선연하다. 강한 아버지의 모습이다. 비록 유년 시절의 추억을 다시는 볼 수 없지만 언제라도 찾아갈 수 있도록 고향을 지키는 오라버니가 있어 다행이다.

베이글 사랑

나에게 세월이 흘러도 변하지 않는 것이 있다면 여섯 살 터울인 친언니에 대한 사랑이다. 2남 5녀 중 셋째 딸인 언니는 딸 중에 가장 인물이 좋았고 똑똑했다. 언니는 결혼 전에는 백의 천사로 근무했고 지금은 시골 보건진료소에서 마을 어르신들과 주민들의 건강을 보살피며 살아가고 있다. 이순을 넘긴 나이가 되었으니 언니의 몸에 배어 있는 느림의 미학이라 할까, 조용하고 여유 있는 모습을 나는 좋아한다.

그런 언니가 가끔 우리 집을 방문하거나 내가 언니 집에 갈 때면 반드시 준비해 놓는 음식이 있다. 직접 구워 만든 베이글 빵이다.

쌀쌀한 초겨울, 언니와 카페에서 커피와 함께 나온 이 빵을 처음 맛보았다. 촉촉하고 부드러운 식감이 기분을 한층 들뜨게 했다. 두툼한 간호학 서적을 들고 다녔던 손가락으로 빵을 떼어 내 입에 넣어 주던 맛은 씹을수록 고소하고 담백했다.

언니에게는 민낯 같은 맛이 났다. 밀가루와 이스트, 약간의 설탕과 소금이 전부인 베이글의 간단한 재료들처럼 순수함 자체였다. 동그란 얼굴은 로션 냄새로 은은했고, 간호사 캡을 쓰기에 적당한 까만 머리칼은 어깨까지 내려와 바람에 찰랑거렸다. 내 안에 가득했던 언니의 온기와 냄새는 언제까지나 내 일생이 언니로 채워질 거란 착각을 불러일으키기도 했다. 언니를 배경으로 둔 나는 얼마나 자신만만했던가.

세상의 모든 것에는 적당한 때가 있나 보다. 언니가 결혼을 했다. 늦은 가을, 예식을 마치고 집으로 돌아오는 버스 유리창으로 전해지는 밖의 차가운 바람은 내 마음에 불어와 기억의 조각들이 가슴을 쓸어내렸다. 따뜻한 체온으로 언제나 오른팔을 둥글게 만들어 내밀어 주었던 언니가 없어졌으니 빈 가방이라도 움켜쥐어야 허전함이 덜했다. 내게서 언니의 품만 떠난 게 아니었다. 향기와 정서도 함께 가져갔다. 그해 겨울은 참 쓸쓸했다.

멀리 시골 보건진료소로 간 언니가 그리운 이맘때면 가슴 한 편에 동그란 구멍이 생긴 듯 바람이 빠져나갔다. 채워지지 않는 그리움을 달래려고 시내 한복판을 쏘다녔다. 제과점을 지날 때마다 찬바람을 타고 풍겨 나오는 빵과 커피 냄새를 수없이 훔쳐 먹었다.

나도 언니 나이가 되어 결혼을 했다. 아직도 언니가 그리워질 때면 베이글 빵을 굽는다. 밀가루 반죽을 치대면서 동글동글한 언니의 얼굴을 떠올린다.

부드러운 빵을 갖기 위해서 밀가루 반죽을 적당한 시간으로 발효시켜야 한다. 발효가 되지 않으면 돌덩이처럼 딱딱해지고 씹어도 맛이 없다. 발효되지 못한 나는 언니가 떠난 뒤 돌덩이처럼 딱딱한 시간을 보내야만 했다.

발효를 시킬 때는 적당한 시간을 두어야 한껏 부풀어 오른다. 사람도 적당히 발효되도록 시간을 두어야 성숙해진다. 언니의 부재로 나는 조금씩 성숙한 여자가 되어갔다. 두 번의 긴 기다림의 발효가 끝나서야 오븐에 넣는다.

빵을 굽기 위해서는 적당한 거리와 온도가 있어야 하듯 사람과 사람도 적당한 거리와 온도가 있어야 서로가 상처도 덜 받는 법이다. 언니와의 적당한 거리감 없이 바짝 달라붙어 의지했던 탓에 한동안 작은 일도 쉽게 결정을 못하는 결정 장애를 안고 살아야만 했다.

빵을 골고루 익히기 위해서는 뒤집어 주어야 한다. 내버려두면 타버리기 십상이다. 언니가 결혼한 후 누군가 나를 뒤집어 주지 않아 새까만 시간을 보내야만 했다.

빵 굽는 향기가 거실에 가득 젖어 든다. 타이머가 요란하게 울린다. 오븐을 열자 구릿빛 베이글 속에 추억의 맛과 향기가 쏟아져 나왔다. 보기에도 좋고 먹음직스러운 빵이 완성되기까지 정성과 노력이 헛되지 않았다. 마치 언니의 삶 일부를 차지한 것 같아 흐뭇했다. 예전에 언니가 내게 주었던 모습을 그리며 모든 재료가 어우러져 깊고 부드러운 맛을 내는 이 빵을 뜯어 입에 넣는다. 물그림자처럼 은은한 미소를 머금은 언니의 향기가 온몸에 스며든다. 추억을 구운 빵을 들고 언니 집으로 출발하는 이 순간이 참 행복하다.

여도지죄 餘桃之罪

　　해마다 삼복더위가 기승을 부리는 날에는 근교에서 복숭아 농장을 하고 있는 언니네 집을 찾아간다. 올해도 살이 뽀얗고 볼이 발그레한 복숭아가 나무마다 주렁주렁 먹음직스럽게 달렸다. 비와 바람과 땀이 일구어낸 결실이 과수원에 가득하다. 과수원은 건너온 시간만큼 제 몫을 다하고 가장 찰진 모습으로 수확의 기쁨을 선물했다. 칠순을 바라보는 언니 내외의 검게 그을린 얼굴에서 건강한 기운이 축복으로 다가온다.

　　차가운 물에 대충 씻어 한입 베어 물으니 달콤한 향과 맛에 온몸이 전율한다. 미자하彌子瑕가 먹다 남은 복숭아를 영공에게 바쳤던 맛이 이러했으리라.

　　미자하는 잘생긴 외모 덕분에 위령공衛靈公의 총애를 받았다. 당시 위나라 국법에 따르면 허락 없이 임금의 수레를 타는 사람은 월형刖刑(발뒤꿈치를 자르는 형벌)을 받게 되어 있었다. 어느 날 밤에 미자하는 어머니가 병이 났다는 말을 들었다. 미자하는 왕명이라 속이고 왕의 수레를 타고 집으로 달려갔다. 이 말을 들은 왕은 미자하가 어질다고 하면서 말했다. "효성이 지극하구나. 어머니를 생각한 나머지 월형을 받는다는 것을 잊었구나." 다른 날 미자하는 왕과 함께 과수원에서 노닐다가 복숭아를 먹어 보니 아주 달아 다 먹지 않고 반을 남겨 왕에게 먹였다. 왕이 말했다. "나를 사랑하는구나. 맛까지 잊고 나에게 먹이려 했구나."

세월이 흐르고 미자하의 자태가 점점 빛을 잃었고 왕의 총애도 엷어졌다. 어느 날 미자하가 왕에게 죄를 짓자 왕이 말했다. "이놈은 언젠가 몰래 과인의 수레를 탔고, 또 한 번은 먹다 남은 복숭아를 나에게 먹였다." 하며 크게 꾸짖었다.

중국 전국戰國시대의 인물 한비자韓非子가 쓴 유세遊說 지침서 '세난說難' 편에 이런 이야기가 있다. 미자하의 행동은 처음과 나중에 다름이 없었다. 그러나 이전에는 어질다는 소리를 들었고 나중에는 죄를 얻었던 까닭은, 사랑이 미움으로 바뀌었기 때문이다.

미자하를 대하는 왕의 태도가 딴판으로 변한 게 화근이었다. 태도가 변한 왕이 문제인가, 아니면 변한 왕을 살피지 못한 미자하가 문제인가. 무소불위無所不爲의 권력을 가진 왕을 탓해야 소용없는 일이다. 그보다는 변한 상황을 눈치채지 못한 미자하의 어리석음이 더 큰 문제라 하겠다. 사람은 어떤 상대를 좋아하거나 사랑할 때는 미운 짓을 해도 예뻐 보이지만 그 마음이 떠나면 전혀 그렇지 못하니 세상에 영원한 것은 없는 것 같다.

언니는 여고를 졸업하고 직장 생활을 하다가 결혼했다. 몸이 허약한 언니의 다소곳하고 매사에 조심스러운 행동이 여성스러워 보였던 형부는 그 매력에 흠뻑 빠졌었다. 그런데 얼마 가지 않아 언니의 답답하고 빠르지 못한 행동과 형부의 성격이 어긋나기 시작했다. 성격이 급한 형부와 신혼 초부터 갈등이 잦았던 것 같았다.

내가 초등학교 4학년 무렵에 결혼을 했던 언니는 자주 친정집에 왔다. 철없는 나는 언니가 왔다는 반가움에 그저 좋기만 했었는데 다음 날이면 어김없이 형부가 처가를 찾아왔고 언니는 형부를 따라 시댁으로 가야만 했다.

전날 밤 내 머리맡에서 언니는 어머니에게 또박또박 마침표를 찍듯 얘기했다. 밤새 이어지는 언니의 한숨은 달빛마저 체질하듯 처연했다. 시아버지의 시집살이와 남편과의 갈등이 내게는 낯설게만 느껴졌다.

"그래도 니가 참고 살아야지 어떡하겠냐!"

모녀의 대화는 늘 어머니의 결단으로 잠잠해졌다.

다음 날 형부가 오셨을 때 어머니는 더욱 정성스런 밥상을 준비하셨고 형부를 마주하는 어머니의 애잔한 눈에서 무언의 부탁이 오갔다.

언니와 형부의 애증 관계는 이후 몇 년 동안 지속되었던 것 같았다. 70 성상의 세월을 통한 지금은 걸어온 길을 돌아보면 흔들렸던 마음을 잘 견디고 참아 냈기에 지금의 행복이 있는 것 같았다.

주위를 둘러보면 여도지죄와 같은 경우를 심심찮게 볼 수 있다. 부부간의 사랑, 남녀 간의 사랑, 친구와의 우정, 직장 상사와의 관계에서 서로가 불편해질 때가 있다.

세월이 지나 상황이 바뀌고, 겉모습이 변할지라도 초심을 잃지 않고 상대방과 적절한 거리를 유지하고 둘 사이의 관계를 인지해 그 선을 넘지 않도록 노력한다면 상처를 주고받는 일은 적어질 것이다.

똑같은 행동도 시간이 흘러 평가하는 사람의 마음이 변하면 정반대의 결과를 낳을 수 있듯이 서로가 본연의 자세를 지킬 때 사랑은 지속적으로 이어져 아름다운 관계를 유지할 수 있다. 누구에게 사랑을 받든 비난을 받든 그것이 인간의 인위적이고 자의적인 판단이라는 걸 깨닫는다면 그렇게 낙심할 이유도 없고 흔들리지도 않을 것이라는 생각에 이른다. 건널 수 없는 강을 건너게 하는 것은 교각橋脚이 아니라 변하지 않는 중심에 있다 한다. 세월이 가도 서로가 본연의 자세를 지킬 때 사랑은 지속될 수 있을 것이다.

돌아오는 길에 복숭아를 차 안 가득 실었다. 그동안 소홀했던 지인들에게 선물하며 잠시 동안이라도 마음의 정을 나누어야 하겠다.

외사촌 오빠

까맣게 잊고 있던 그가 친정 오빠 집에 나타났다. 삼십여 년이란 아득한 시간을 뛰어넘어 이순을 바라보는 외사촌 오빠의 옛 모습은 온데간데없고 낯선 모습이었다. 몇 잔의 소주와 그간의 이민 생활을 안주 삼아 실타래를 풀고 있는 그에게 밤은 짧기만 했다.

외사촌 오빠가 들려준 미국 생활은 이러했다. 오빠가 한국을 떠나 미국으로 간 것은 28세의 젊은 나이였다. 당시 친형이 뉴욕에서 마트를 하고 있었기 때문에 형의 초청으로 시작한 이민생활이었지만, 자신이 길을 닦으며 걸어가야만 했다.

인종차별과 편견, 이민자라는 피할 수 없는 운명에 묶인 채 생활은 고달팠고 마음은 자꾸만 한국으로 돌아가라 했다. 그러나 돌아가봤자 새어머니와 이복동생들과의 해결하지 못하는 내면의 문제들이 그를 더욱 불편하게 할 뿐이었다. 어떻게 하든 반드시 성공해서 아버지 앞에 떳떳한 아들로 고향 땅을 밟으리라는 각오로 살았다고 했다.

그로부터 몇 년 후 꿈을 향한 열정과 성실함으로 시민권도 취득하고 드디어 자신의 가게를 소유하게 되었을 땐 꿈을 다 이룬 것만 같았다. 형편이 점점 나아지자 한국에 잠시 들어와 맞선을 본 끝에 결혼도 하여 남매를 두었다. 지칠 줄 모르는 아내의 억척은 그가 제법 큰 가게를 만드는 데 큰 힘을 보태주었다. 주말이면 골프와 여행도 즐겼다. 그러나 여기까지가 그가 원하던 프로그램이었다.

큰아이가 고등학교를 다닐 무렵, 부부는 같은 곳에 있었지만 서로 다른 곳에서 격정의 시간을 보내야 했다. 아내와는 모든 것이 어긋났다. 완충지대를 기대했던 아이들마저 너무도 쉽게 아버지 뜻대로 하라며 더 이상 애원하지 않았다.

돌아올 수 없는 강을 건넌 아내는 이미 다른 사람이었다. 날줄과 씨줄로 서로 엮어가며 빈틈없이 살아온 줄 알았는데 어디서부터 풀린 것인지 돌아보면 회한으로 가득 찼다. 결국 3년 전 이혼을 하게 되었다. 그 후로 집안은 급속하게 몰락했고 남은 재산은 고작 차 한 대와 월세방 한 칸이었다.

유통센터에서 납품을 다시 시작한 그는 맨 처음 이민 생활 때로 돌아가야만 했다. 자신이 가족을 지키지 못한 죗값을 방랑과 무위로 치르려고 작심한 걸까. 그는 자유롭지 않은 자유로 줄타기를 하는 것 같아 보였다.

한국에서 맞이한 정월 초하루, 고교 때 맞이한 새어머니가 아직도 어색하기만 해서 이곳으로 온 것이라 했다. 이른 아침부터 그는 오빠에게 선친 묘소 안내를 부탁했다. 나도 성묘길을 따라나섰다.

희미한 안개가 낮게 깔린 산길을 오른다. 혼잡한 세상으로부터 멀찍이 떨어져 있는 산소는 고요하고 적막했다. 선친의 무덤 앞에 서니 머리에서 가슴으로 전이되어 오는 쓸쓸함이 더했다. 그는 담뱃불을 붙여 산소에 꽂아 놓고 소주잔에 술을 따랐다. 절을 올렸다. 금의환향이 아닌 모습에 선친이 많이 노할 것 같았지만, 그래도 아버지니까 이해해주시리라 믿었다. 절대로 아버지처럼 살지 않겠다고 다짐하고 또 다짐했거늘 그것이 다짐만으로 되는 일이 아니라는 걸 아버지도 잘 알고 계실 것이다. 당해본 사람만이 느끼는 통증, 그도 이제야 아버지의 삶을 이해하며 용서할 수 있었다.

그는 한동안 무릎을 꿇은 채 일어서지 못했다. 지금이 있기까지 아버지의 힘찬 응원이 있었다는 것을 왜 이제야 알았는지, 자신 역시 내 자식들에게 과연 밑바탕이 되어 주었는지. 그토록 사무치게 그리워했던 고국 땅, 고향의 향기로 위로받고 싶었지만 매운 바람만이 맨살 속을 파고들었다. 지나온 길은 아득하고 앞으로 가야 할 길은 까마득하기만 했다.

여정의 마지막 날이다. 그를 위해 몇 가지 반찬과 따뜻한 국으로 식사를 대접했다. 다시 새 출발을 할 거냐는 질문에 그는 운명에 맡긴다고 했다. 삼십 년 만에 찾은 고향 땅에서 그는 무엇을 버리고 무엇을 얻고 갈까! 떠나가는 그의 등에 잔설이 설기로 얹혀 있다.

새로운 길은 언제나 길이 끝난 곳에서 시작된다. 외사촌 오빠의 또 다른 시작은 후회 없는 길이었으면 한다.

등불

산마루에 걸린 마지막 햇살을 거두고 해는 저물었다. 화장火
葬한 둘째 형님의 이승에서의 마지막 생生을 뿌린 수목에도 어둠이 내려앉
았다. 아직 더 많은 세월의 더께를 입어야 할 나이인데 속절없이 떠나가버
렸다. 따뜻한 엄마의 등불을 잃은 삼 남매는 거친 바람을 스스로 막아내야
하는 두려움과 서러움에 처절히 몸부림쳤다.

몇 해 전에 둘째 형님에게 전화가 왔다. 목소리에는 낙심이 가득 차 있
었다. "동서! 글쎄 내가 파킨슨병이래!" "어머! 형님, 어쩌면 좋아요?" 갑자
기 머리를 둔기로 얻어맞는 기분이었다. 한동안 말을 잇지 못하자 오히려
초기에 발견해서 다행이라고 마음을 가라앉히며 내게도 건강검진 꼭 받으
라고 권했다. 삼십여 년을 독하게 밤낮 가리지 않고 야식 장사로 고생하다
가 이제 겨우 오십 중반을 넘겼는데 벌써 그런 병이 찾아오다니, 고된 삶 속
에서도 그저 열심히만 살아왔던 형님이었다.

결혼을 앞두고 둘째 형님댁에 인사를 갔다. 딸만 둘이었던 형님은 아들

을 순산하고 모든 걸 다 얻은 듯 행복한 모습이었다. 아이들이 자라기 시작하자 시골 생활을 접고 야식을 배달하기 시작하였다. 수입이 괜찮아지면서 밤이면 불야성을 이루는 식당가에서 새벽녘까지 쉴 틈 없이 장사는 계속되었다. 점차 경제적으로 나아지나 싶더니 해가 갈수록 몸은 쇠약해져 갔다. 게다가 불황으로 걷잡을 수 없이 대추나무 연 걸리듯 빚이 늘어났다. 빚독촉에 극심한 스트레스에 시달려만 했지만, 영리한 아이들 자라는 모습을 보면서 모든 고통을 이겨낼 수 있었다. 그로부터 몇 년에 걸쳐 그 많은 빚을 청산하는가 싶더니 홀연히 고향을 떠났다.

먼 곳에 있는 그녀의 병원에 다시 찾아간 것은 한 달 전이었다. 3년을 버티며 견뎌온 그녀는 빈 가슴을 안고 누워 있었다. "왜 이제야 왔느냐."고 야단칠 법도 한데 가벼운 감정 따위는 모두 비워 내었는지 아니면 쇳덩이 같은 고녀의 등짐에 짓눌려 버렸는지 무표정한 얼굴이었다. 근육과 말소리마저 어눌한 채 알아들을 수 없는 말로 웅얼거리고, 자꾸만 흘리는 침을 닦아내는 손도 매우 떨고 있었다. 둔해진 팔다리, 늘어난 테이프처럼 느릿한 행동에 하느님에게 몽니라도 부리며 살려달라고 울부짖고 싶었다. 하루도 잠잠한 날 없이 평생을 바람의 현을 켜며 살아온 날들이었다. 실패와 안타까움과 걱정의 높고 깊은 현이 울릴 적마다 믿음으로 이겨낸 형님이었거늘 지금은 등피 없는 불꽃이었다. 다른 동서보다 애틋한 정이 오갔던 만큼 갈래갈래 가슴에 빗금이 내리쳤다.

그로부터 한동안은 병이 정지된 듯했으나, 끝내 일어나지 못하고 우리 곁을 떠났다. 뉴욕에서 학업 중인 막내가 비보를 듣고 한숨에 달려왔다. 엄마의 부재를 실감한 아들의 애절한 울음소리가 장례식 내내 그칠 줄 몰랐다. 긴 투병에 지치기라도 한 것일까, 현실을 암담하게 받아들이는 서방님은 지난날 자신의 무능을 속죄라도 하듯 속울음을 토해냈다. 고된 환경 속에서도 큰애는 국제변호사에 도전하고 있으며, 둘째는 작곡가로 성장시킨 걸로 위로를 받아야 할까!

내 안의 형님은 꺼지지 않는 등불이었다. 너무 화려하지도, 밝지도 않으며 가장 미천한 인생 여정까지 온전히 지켜줄 것만 같은 따뜻한 등불, 나 혼자였다면 막막했을 고비들을 헤쳐 주며 시련을 극복하게 해준 든든한 등불이었다.

나는 오늘 형님이 뿌려진 수목 앞에 서 있다. 나뭇잎 위에 산바람이 얹힌다. 서럽게 떨고 있는 나뭇잎은 울고 있다. 아니! 그녀가 울고 있다. 남아 있는 자신의 가족들을 살펴 달라 하며 애원하는 것 같았다. 그러나 아직 이별하지 않았다. 형님의 마음은 그대로 남아 불꽃을 감싼 등피처럼 남아 있는 가족들을 보호해 줄 것이라는 걸 안다.

장승공방 '정승원'

　　자신의 온몸을 새까맣게 태운 벗나무가 가지마다 화상 자국
으로 부풀어 오른 분홍 물집 터트리는 소리로 분분한 한낮이다. 야산에는
창꽃이 확 달아오른 새아씨 볼처럼 화사한 자태로 흐드러졌다.

　　한 주 정도 지나면, 어느 날 갑자기 꽃을 피운 것처럼 벗꽃도 창꽃도 푸
른 잎만 남겨두고 사라질 것이다. 겨우내 기다렸던 봄도 벗꽃도 짧아서 더
예뻐 보이고 애틋한 기분이 드는 걸까. 올봄도 그렇게 가고야 말 것이다.

　　한가로이 안산※山 둘러보며 봄을 만끽하고 있는데 문득 김의 공방이 궁
금해졌다. 공방을 가득 메운 나무 향기에 취해 사각사각 소리를 내며 조각
을 하던 김의 모습이 선명하게 되살아났다. 다행히 지금 와도 좋다는 허락
을 받고 차를 몰았다.

　　김은 아버지와 당숙 간이며 나와 나이가 같다. 궁평 뜰을 지나 걷다 보
면 넓고 긴 냇가가 앞길을 가로막는다. 허벅지까지 바짓가랑이를 걷어 올
리고 냇물을 건너면 '봉두리'라는 마을에 큰아버지 댁이 있다. 지금은 개발

이 되어 오간 데 없어졌지만 60년대 말에는 뚝방 아래로 미호천이 흐르고 천변에는 천지가 수박밭이었다. 큰아버지 댁과 나란히 담을 나눈 옆집이 김의 집이었다. 여름방학이 오면 김과 함께 천변에서 곤충 채집도 하고 수박밭 원두막에서 공작 숙제를 했다. 손재주가 좋았던 그 덕분에 공작 숙제는 그해 우수상을 탔던 기억이 난다.

얼마 만에 찾아가는 길인가. 산자락 햇살 좋은 자리에 위치한 '정승원'이 멀리 보였다. 산모퉁이를 돌아서자 김의 집에 세워둔 솟대가 보였다. 입구 주변에는 웃음 띤 표정부터 해학적인 표정과 괴기한 표정까지 장승이 줄지어 서 있었다.

공방에는 작품이 빼곡했다. 김은 주로 장승과 솟대를 만들었다. 길게 늘여 놓은 목木 위에 금방이라도 날아갈 듯한 봉황, 두 마리가 서로 마주 보고 있는 물새, 한 마리씩 여러 개의 솟대가 서 있는 모습들이 그의 투박하고 거친 손을 거쳐 태어났다.

전통 축제장에 설치할 솟대 준비를 하고 있는 그는 한 마리 원앙을 작업 중이었다. 사포로 문질러 다듬고 반질반질해질 때까지 작업에 몰두하고 있는 모습은 나무와 열렬한 사랑에 빠진 사람처럼 행복해 보였다. 작업하는 시간만큼은 철저히 그만의 세계 속에서 죽은 나무에 생명을 불어넣는 모습이 사뭇 진지해 보였다. 부리부리한 눈매, 쫙 벌린 입, 그리고 투박한 코 뭉치의 장승을 다루는 사람답지 않게 마른 어깨 아래로 잔 근육이 높게 움직였다. 언제나 그랬듯이 작업을 하는 내내 대화가 없었다. 거칠지만 부드러운 대패 소리, 소음처럼 들리는 정과 끌이 맞닿는 소리, 조각칼의 예리한 움직임 속에서 그는 오로지 나무와 무언의 대화를 나누며 몰두했다. 사각사각하는 소리는 세상을 향해 모난 마음을 다듬는 소리처럼 들리기도 했다.

저 나무 대신 나를 작업대에 올리고 싶었다. 내 안에 수많은 편린으로 각을 세우고 있는 편협한 마음을 도려내고 싶었다. 김이라면 나의 세포를 포용과 사랑으로 살아갈 수 있도록 바꿔줄 수 있을 것만 같았다. 마음도 머리도 냉골인 나에게서 나만의 온기를 끌어내 주리라고.

밀고 쓸어내고 문지르기를 반복하는 김은 작의作意를 빛나게 했고 작가로서 한껏 격상되어 보였다. "나무와 함께할 때 살아 있음을 느낀다."고 한 말이 전부였다. 나는 기괴한 장승 앞에 다시 섰다. 이 시대를 살아가는 민중들의 모습이 장승으로 투영된 것 같아 보였다.

어느새 반백이 되어버린 머리를 쓸어 올리며 솟대를 깎는 그의 모습에서 장인의 혼이 느껴진다.

그가 손을 흔들며 서 있는 모습이 백미러에 박힌다. 창문을 열었다. 계곡을 따라 흐르는 봄바람은 쉼 없이 봄 향기를 실어 나르고 있었다.

2

나만의 뜨락에서

아침 해가 떠오를 무렵이면, 향이 좋은 커피 한 잔을 들고 나만의 뜨락으로 간다. 오늘도 어김없이 하루를 밀어 올리는 아침 해를 감상하며 하루를 시작한다.

그곳은 얼마 전 새 아파트로 보금자리를 마련한 후로 나에게 작은 행복을 가져다주는 곳이기도 하다. 안방 창문을 열면 두 평 남짓한 베란다가 있다. 화단과 빨래 건조대가 놓인 이곳을 개조하여 안방 높이에 맞추어 강화마루를 깔고 테이블과 몇 가지 소품으로 장식했다. 그랬더니 생각보다 제법 운치 있는 공간으로 완성되었다.

이층에 동향으로 자리한 그곳은 베란다 문을 열면 조금씩 물들어가는 남천나무와 아직은 검붉은 단풍 나뭇잎이 손에 와 닿았다. 눈앞에 보이는 낮은 산에서 골을 타고 불어오는 바람과 새소리를 들을 수 있고, 멀리는 우암산 자락의 능선을 감상할 수 있어 좋았다. 고단한 하루 일을 끝내고 침대에 누워 창밖을 바라보면 산허리를 감도는 희미한 가로등 불빛에 에워싸인 나무들 덕분에 어느 조용한 산사에 와 있는 것 같은 착각과 함께 달콤한 잠 속으로 빠져든다.

언니를 따라 학교에 가려면 아직도 두서너 해나 기다려야 되는 나이, 소꿉장난으로 하루를 보냈던 옛 시골집에는 사랑방 문을 열면 반질반질 윤이 나는 툇마루가 있었다. 마루를 내려오면 작은 마당을 지나 쪽문이 있었는데 그 쪽문은 늘 열려 있었다. 봄이 오면 유난히 꽃가꾸기를 좋아했던 어머니는 농사일 틈틈이 작지 않은 울안에 각종 꽃을 가꾸었다. 제법 큰 집터 주변은 봄이면 매화꽃, 찔레꽃, 작약, 특히 노랗고 하얀 데이지 꽃이 무리 지어 많이 피었다.

온종일 따스한 햇볕이 내리쬐는 이 툇마루에 빈 병 가득히 꽃들을 꺾어 꽂아 놓으면 꽃들은 작은 내 몸을 감싸고 가슴을 하늘 높이 둥둥 떠다니게 했다. 초여름이면 뒤뜰에 아까시나무 가지에 하얀 백설기 같은 꽃이 피어오를 때면 향기에 취해 소르륵 잠이 들기도 했다.

그 후로 열넷, 열다섯 갈래머리 여고생이 되어서는 그곳이 나 혼자만의 아지트였고 도서관이었다. 헤르만 헤세의 『데미안』을 읽었다. '새는 알에서 나오려고 투쟁한다. 알은 세계다. 태어나려는 자는 하나의 세계를 깨뜨려야 한다. 새는 신에게로 날아간다. 신의 이름은 아프락사스……'

삶의 의미를 알기에는 순수하기만 했던, 주인공 엠마의 자살이 그저 가엽기만 했던 나이! 그밖에도 『보바리 부인』, 『안네의 일기』, 『젊은 베르테르의 슬픔』을 읽으며 문학소녀 꿈을 꾸게 된 것도, 나를 알에서 깨어나게 한 것도, 그 작은 툇마루였다. 그곳은 나의 모태적 공간으로서 그리움의 대상이 되었다.

이사를 와서 첫 번째로 이곳을 나의 공간으로 만들어보고 싶었던 것은 아마 유년의 추억과 사춘기 소녀 시절 속에 잠시나마 정지된 삶을 살아보고 싶어서 일는지도 모른다. 토속적인 취향과 서정적인 감성을 되찾아내며 유년의 색깔과 숨소리를 다시 느껴보고 싶은 마음은 언제나 가슴속에서 꿈틀거리고 있었다. 결혼 후 어느 날 우연히 길을 걷다가 돌계단 사이에 피어 있는 노란 데이지 꽃을 보는 순간 마법에 걸린 듯 숨이 멈춰 버릴 것만 같았다. 데이지를 볼 때마다 사랑의 고통을 안고 생각에 잠긴 듯한 모습에 마냥 이끌리고야 만다. 분명히 데이지에 대한 아련함은 아직까지 남아 있다.

이 작은 공간 벽 한 모퉁이에 '나만의 뜨락'이라고 간판을 걸어 보았다. '나만의 뜨락'을 노란 데이지 꽃으로 가득 채웠다. 데이지 꽃이 그려져 있는 편지꽂이, 티슈 케이스, 컵 받침, 찻상, 작은 퀼트로 만들어진 소품들이 데이지 꽃으로 활짝 피어났다. 왜 하필 데이지 꽃을 좋아했을까? 아마도 그것은 꽃말처럼 "순수함"을 좋아해서일까? 너무 넘치지도 않고, 너무 부족하지도 않은 소박함 때문일 것이다.

'차뜨락'은 응접실 아닌 응접실이 되었다. 가래떡 몇 개와 조청 한 종지면 누가 언제 어디를 다녀왔는지, 어느 마트에서 빅 세일을 하는지, 이곳에서 풀어놓은 이야기보따리 속에는 봄날 앵초꽃처럼 진한 기쁨도 있고, 애잔한 물망초 같은 서글픔도 함께 묻어났다. 가끔은 마음이 울적하거나 답답한 일이 생기면 이곳에서 해답을 찾아내곤 한다.

베란다를 높이지 않았던들 창밖의 감미로운 바람과의 속삭임도 없었을 것이며, 지난 시간들을 반추하는 여유도 없었을 것 같다. 석 자尺의 베란다

를 높임으로써 행복감을 찾을 수 있는 것처럼 인생의 가치를 한 자만 높
인다면 정신적인 풍요로움을 덤으로 얻을 수 있을 것이다.

누군가 "살아가는 것이 힘들지 않느냐"는 질문에 그래도 이렇게 과하지
도 않고 부족하지도 않게 살고 있다고 답할 수 있는 것은 30만 평의 커다
란 "타샤"의 정원만은 못해도 이 작은 공간이 내게 영원한 에너지를 주고
있기 때문이 아닌가 한다.

배롱나무 꽃

　　여름은 배롱나무 꽃과 함께 시작된다. 석 달 열흘 피고 지고, 지고 피는 나무, 목백일홍. 배롱나무 꽃이 지면 여름도 끝난다. 내둔리 진입로에 배롱나무 꽃이 화르르 피어 있다. 발가벗은 알몸에 간지럼을 태우면 까르르 꽃잎들이 웃으니 간지럼나무라고도 한다.

　　위초리마다 붉은 색을 끝없이 토해내는 꽃들은 어딜 가나 웃고 있다. 무더운 여름 내내 눈을 맞추고 잠시나마 더위를 잊게 해 주는 꽃은 단종을 향한 일편단심을 표식하는 꽃으로 성삼문을 비롯 사육신의 무덤가에도 심은 꽃이다.

　　배롱나무 꽃이 필 때면 나는 근교에 있는 절간에 가고 싶어진다. 절간에 배롱나무 꽃이 많은 까닭은 스님들이 하직 인사도 없이 배낭 하나 걸머지고 홀연히 떠나가는 경우가 많다보니 말없이 떠난 도반을 그리워하며 텅 빈 마음으로 배롱나무 꽃을 바라보며 마음을 달래기 때문이란다. 그래서 꽃말이 '떠나간 벗을 그리워함'이던가.

늦은 오후, 절간에 도착하니 저녁 예불을 시작하는 목탁 소리와 낮은 염불 소리가 들려왔다. 늙은 느티나무들이 사찰의 역사를 품고 있는 듯 병풍처럼 서 있다. 폭염이 절정을 이룬 산은 산이 낼 수 있는 모든 빛깔로 모자이크를 만들어 빛내고 있다. 경내에는 지난해 보았던 배롱나무 꽃이 만발하여 절간 마당을 압도하고 있었다. 세석평전에 앉아 한 모금 물을 마시며 배롱나무 꽃과 마주한다. 수령이 기백 년 넘은 배롱나무는 몸통뼈와 가죽으로 뒤틀려 있어도 노거수답게 꿋꿋이 하늘을 향하고 있었다. 실타래처럼 올라가는 곁가지는 수도를 하듯 느리게 뻗어가고 있다. 깡마른 북어 같은 몸통에서 맨발의 탁발 스님의 고행을 본다. 그 가지 끝에 달린 소담한 붉은 꽃은 성불로 깨달음의 실체인 양 성스럽기까지 하다. 요사채 앞에 어린 배롱나무 한 그루도 예사롭지 않은 붉은 꽃을 피우고 있다. 꽃을 보고 있노라면 안드레아 보첼리가 떠오른다. 그의 노래 중 〈mai piu cosi lontano〉는 배롱나무 꽃의 전설과 오버랩 되어 절실한 그리움을 솟구치게 한다.

선천적인 녹내장으로 12세 때 시력을 잃은 안드레아 보첼리의 달콤한 목소리는 애수에 젖은 애련함으로 다가와 더욱 심금을 울린다. 보첼리의 불꽃 같은 두 눈이 여기에 살아 숨 쉬고 있는 것만 같다. 사람은 저마다 꽃을 피웠다가 진다. 누구는 한여름 같은 화려한 삶을 살다가고, 잠시 동안이지만 폭풍의 한가운데를 사는 사람도 있다. 화양연화였든 상처투성인 사바의 세계였든, 피고 진다는 것은 일대기를 채워가는 각자의 운명이고 숙명이다. 다만 부끄럽지 않게 산다는 것이 아름다움이라 생각한다. 배롱나무 꽃은 질 때도 제 색깔로 화려하게 진다. 기세등등하게 색깔을 내며 피를 토하듯 우르르 떨어진다. 인간은 시시각각 변하는 갈대와 같은 모순적인 존재이다. 나약한 갈대 같지만, 그 모순 사이에 누군가에게 간절한 여운을 남길 수만 있다면 제 색깔을 가졌다 할 수 있지 않은가.

아직도 귓가에서 보첼리의 노래가 맴돈다. '이제 다시 헤어지지 말아요, 당신은 내가 필요로 하는 단 한 사람 오직 당신입니다.' 안드레아 보첼리는 세상에서 가장 부드럽고 가장 달콤한 꽃이다.

내려오는 길이 한 장 한 장 페이지가 넘어가듯 새로운 풍경에 공기마저 달다.

손수건과 같은 만남

사람의 만남에는 3가지 종류가 있다 한다.

생선 같은 만남, 꽃과 같은 만남, 손수건 같은 만남. 생선 같은 만남은 만나면 만날수록 비린내가 묻어나오고, 시기와 질투로 싸우고 원한을 남기며, 서로에게 좋지 않은 영향을 주는 만남이다. 꽃과 같은 만남은 꽃이 10일을 넘지 못하는 것처럼 처음에는 아름답고 향기로운 만남이지만 갈수록 퇴색하고 나중에는 지저분하게 이어지는 만남이다. 마지막으로 손수건과 같은 만남은 상대가 슬플 때 눈물을 닦아주고, 기쁠 때 축하해주고, 힘들 때 땀을 닦아주며 언제나 변함없이 함께하는 만남이다. 정채봉 작가의 만남에 종류에 공감하는 바가 크다.

35년 전 K 차장을 만난 건 내 생애의 가장 큰 축복이었다.

입사한 직장에 인사를 드리고 보니 같은 항렬로 가까운 촌수였다. 그녀를 처음 본 순간 따스한 시선과 친근함 말투가 다정스럽게 느껴졌다. 새내기 신입사원이었던 나는 혈연이라는 명목하에 서투른 업무와 가끔씩 하는

지각에도 용서 받는 혜택을 누릴 수 있었다. 처음 접해보는 금융업무였지만 그녀의 세심한 지도와 보살핌은 깜냥도 안 되는 막내인 나에게 단단한 갑옷을 입혀 주었다. 그러던 어느 날 큰 실수를 저지르고야 말았다. 매일 은행 영업시간이 종료된 후 하루에 입출금된 모든 자금을 확인하는 과정에서 1만원을 출금해야 되는 고객에게 10만원이 지급된 것을 알았다. 착오가 난 금액을 고스란히 내가 채워내야 할 지경에 이렀다. 월급의 반을 채워 넣어야 했으니 참으로 암담하였다. 실의에 빠져 있는 나를 데리고 그녀는 착오가 난 고객을 찾아갔다. 그러나 당사자는 집에 없었다. 무작정 그 집 앞에서 3시간이 넘도록 기다린 끝에 착오가 났던 돈을 되찾아올 수 있었다. 아마 나 혼자 찾아 갔더라면 고객이 '나는 모르는 일'이라고 해도 어쩔 수 없었을 것이다. 그녀 덕에 나의 커다란 실수는 잘 해결될 수 있었다. 이후로도 가벼운 실수에서 큰 실책까지 책임을 추궁하기보다는 버팀목이 되어 주었다. 늘 자상한 선임으로 때로는 엄격한 상사로써 나를 훈련시켜 일 잘하는 여사원으로 만들어 주었다.

그 후 결혼을 하여 삶이 달라지자 자연히 그녀와의 만남은 뜸해졌다. 그러나 나는 두 얼굴을 가진 사람으로 변해 있었다. 내가 퇴직을 하고 난 10여 년 뒤 그녀의 평온한 가정에 큰 불행이 닥쳤다. 그녀가 평생을 바친 직장에서 부실대출의 책임을 지고 자신의 전 재산과 퇴직금마저 압류당하고 직장을 나와야만 했다. 때마침 나도 남편의 중병으로 몹시 힘든 시간을 보내고 있었다. 왜 같은 시기에 똑같은 시련을 겪어야만 하는지 알 수 없는 일이었다. 둘 다 기독교인인지라 그녀는 그녀의 교회당 기도실에서, 나는 나의 교회당 기도실에서 무릎 꿇고 눈물로 기도를 했다. 그녀의 풍비박산된 가정과 나의 기막힌 현실을 서로가 잘 알면서도 서로는 큰 도움을 줄 수가 없었다. 아니, 모른 척했는지도 모른다. 그녀는 처음부터 다시 시작했다. 단칸방이 붙어 있는 작은 문구점을 시작으로 자신이 할 수 있는 일이라면 무엇이든 가리지 않고 뛰어들었다. 나는 나대로 남편의 병을 치료하기에 전력을 다했다. 그녀의 현실을 알면서도 마음만으로는 부족하고 물질적인 것이 뒤따라야 하니 더욱 망설여질 수밖에 없었다. 이렇게 둘은 지난한 시간을 보내야만 했다. 서로가 누군가를 배려하고 위로한다는 것이 참 어려웠다. 나는 점점 감당하기 어려워지는 현실에서 도피와 회피로 나 자신을 감추려고만 했다. 진정한 만남은 서로 힘들 때 땀을 닦아주고, 괴로울 때 위로해주고, 슬플 때 눈물을 닦아주는 손수건과 같은 만남이 되어야 한다는 말은 인간의 인본주의적인 궤변에 지나지 않는다고 생각했다.

다행히도 그녀는 다시 다른 직장을 찾을 수 있었지만 나는 운명에 순응할 수밖에 없었다. 진심으로 나는 참 어리석은 생각으로 깊은 강을 건너왔다.

세월이 흐른 지금에 생각해 보면 생각을 바꾸고 변화를 받아들이고 나니 모든 것이 자연의 섭리에 따라 살 수밖에 없다는 것을 깨닫는다.

몇 년 전 간호학을 전공하고 종합병원에 근무하게 된 조카가 한동안 냉혹한 조직 문화에 많이 힘들어 하는 걸 보았다. 직장을 그만 두고 싶다고 입버릇처럼 말했다. 과중한 업무에 엄격한 위계질서와 선임들의 꾸중과 질책이 조카의 자존감을 몹시 떨어뜨린 것 같아 보였다. 환자의 안전을 우선으로 여기다 보니 초보 간호사에게 동정심이나 연민이나 배려심이 부족할 수밖에 없었고 상대적으로 인권은 보호받지 못했다. 다행히 조카는 힘들었던 초보 과정을 잘 참아내고 전문 간호사로 근무하고 있다. 자신은 절대 그러한 과정을 대물림하지 않길 다짐하며 후임들을 지도하고 있단다. 요즈음 이러한 패습을 개선하기 위해 간호사들 스스로 '태움금지' '상호존중' '인격모독금지' 라는 배지를 제작해 패용하며 조직문화를 개선해 나가고 있다니 참으로 다행이다.

손수건과 같은 만남이란 물질적인 도움이나 친절을 넘어서 내 방식 대로가 아닌 상대방이 진정으로 무엇을 원하는지를 알아주고 기다려 주는 것이 아닌가 한다.

세상에 좋지 않은 만남이란 없다. 어떤 형태의 만남이든 그 속에서 성장하는 것이 인간의 만남이다.

세상의 모든 만남에는 의미가 있는 것이 틀림없다.

푸른 가뭄

윤오월 긴 해는 아직도 중천에 떠 있다. 능선 위로 맑은 하늘은 오늘도 비를 내릴 생각을 전혀 하지 않는다. 밭에는 가뭄으로 고추가 쭈글쭈글 생기를 잃고 한창 개화기인 참깨는 자라지 않은 채로 몇 송이 꽃을 피우고 그만이다. 가끔 비 예보가 있긴 하지만 뚜렷한 비 소식이 없으니 계속되는 가뭄에 농부들은 애간장이 다 타들어 간다. 근교에 있는 밭에 단비를 기다리며 빈 땅으로 둔지라 아깝기도 하거니와 생명의 근원인 땅에 대한 도리가 아닌 것 같아 오늘은 기꺼이 모종을 이식하기로 했다.

십수 년 전 기억을 더듬어 이랑에 구멍을 뚫고 물을 준 다음 들깨 모종을 하나씩 꽂고 다독거렸다. 얼마 지나지 않자 허리는 끊어질 듯이 아파 오고 두 다리는 저리고 구슬 땀방울로 뒤범벅된 얼굴은 따끔거려 왔다. 지금껏 직장 생활로 늘 정장 차림과 하이힐을 고집하며, 업무상 작은 실수도 용납하지 못하고 언제나 곤두세운 촉각에 몸과 마음을 다친 적도 많았다. 오늘 이렇게 창 넓은 모자에 목장갑을 낀 모습이 편하고 자유로웠다. 나도 어쩔 수 없는 농부의 딸임에는 틀림없나 보다.

며칠 후 궁금하여 밭에 나가보니 심한 가뭄 탓에 모종은 풀이 죽고 대부분 메말라 죽어 있었다. 고생하며 심은 걸 생각하면 단 한 포기도 포기할 수 없는 일이다. 간혹 먹구름이 멀어지는 모습만 바라보며 마음만 따라다녔다. 가까운 초등학교에서 물을 길어 링겔 주사를 주입하듯 정성을 다했지만 탈수 현상은 여전했다. 폭염은 점점 더욱 열기를 훈풍기로 돌리듯 밭고랑으로 내뿜으며 몇 포기 안 남은 고추, 호박, 토마토까지 모조리 말렸다. '장'의 절규가 새삼 가슴에 와닿는다.

영화 〈마농의 샘〉에서 '장'은 애써 지은 농작물이 마른 풀로 변하자 실의에 빠진다. 어느 날, 마른번개와 천둥소리만 요란한 하늘을 향해 두 팔을 벌리고 절규한다. "난 꼽추란 말이요. 이런 모습으로 살아가야만 하는 제가 불쌍하지 않으신가요?" 지금 나도 하늘에게 몽니라도 부리고 싶다. 그러다 문득 이 가뭄이 농부만이 겪는 아픔이 아닐 것이라는 생각에 이른다.

오늘날 N포 세대, 헬조선 세대, 민달팽이 세대로 2~30대들의 마음도 다 타들어가고 있다. 자조와 절망의 가뭄으로 시달리고 있는 그들 모습이 지금 농부의 모습이다. 그들의 일상은 순수가 메마르고 끊임없는 도전 의식에 사로잡혀 쩍쩍 갈라진 땅을 뚫고 나오느라 힘든 삶을 마주하고 있다. 일부 젊음이들 중에는 '현재의 여유를 하고 싶은 일이나 여행, 취미로 충실하게 살아간다'는 용어로 욜로족이 있다고 하지만 그것도 어느 정도 수입이 있는 일부의 젊은이들 얘기이다.

우리 집에도 예술을 쫓아 사는 민달팽이 둘을 키우고 있다. 한창 멋부릴 나이에도 샘플 화장품과 로드샵 티셔츠로만으로도 '샘플이 아닌 심플이다'

라며 오히려 당당한 아이들, 쉴 새 없이 일을 해도 그다지 달라지지 않는 경제적인 사정을 볼 때마다 마음이 짠하다. 월급날이면 빠듯한 생활비를 쪼개 먹이를 주고 있지만 단 하루도 허투루 살지 않음을 응원하고 있다. 그나마 목마르고 메마른 삶을 적셔줄 가족이 있으면 다행이지만, 그렇지 못한 젊음들은 안타깝기만 하다.

그러나 이러한 시련들을 혼자만 겪는 일이 아니라는 걸 믿으며, 지금 이 시간을 가능성과 잠재력으로 채워 자신의 정체성을 가꾸어 간다면 푸른 가뭄에 생명의 단비가 쏟아져 내릴 것으로 믿는다.

긴 기다림 속에서 드디어 천둥 번개를 동반한 소나기가 한바탕 퍼부었다. 소나기는 거북이 등처럼 갈라진 밭고랑에 스며들기 시작했다. 토할 줄 모르고 받아 마시고만 있는 들녘은 지금 환희의 송가를 부르고 있다. 이 순간이 곧 축복으로 다가온다. 그래, 이 맛으로 살아가는 거다. 너희들에게도 언젠가는 반드시 단비가 흠뻑 쏟아져 내릴 것이다. 그동안 지난했던 걱정은 어느새 사라지고 감사함이 촉촉이 젖어왔다.

처음으로 농사를 시작하면서 엎드려야 땅을 일구듯이 자신을 낮추는 법과 땅 위의 겸허함과 땅속의 진실함을 체험하며 자연이 주는 만큼만 얻는 법을 배운다.

빈방

"빈방 있어요?" 전화선을 타고 들려오는 젊은 여자의 목소리가 밝다.

이번에는 예감이 좋다. 여자는 이것저것 꼼꼼히 묻는다. 방을 보고 다시 연락하겠다며 전화를 끊었다. 수년 동안 생활정보지를 통해 원룸을 임대해 왔기에 이젠 상대방 목소리만 들어도 성향을 파악할 수 있다.

10년 전 지금의 원룸주택을 구입할 당시에는 세놓을 방이 부족했었다. 그러나 지금은 사정이 많이 달라졌다. 비어 있는 방을 거저 주다시피 하겠다는데도 빈방의 주인은 선뜻 나서지 않는다. 주변에는 신축 다세대 주택을 비롯하여 도시형 생활주택과 오피스텔들이 디테일한 인테리어와 과학적인 구조로 풀 옵션이 돼 있어 몸 하나만 들어오면 생활이 가능해졌기 때문이다. 그래서인지 세입자들은 철새 떼처럼 구형 원룸을 떠나고 있다.

지난여름에는 장맛비에 누수가 심해져서 옥상 방수를 다시 보수해야만 했다. 하루가 멀다고 세면기며 보일러가 고장 나고 비품들이 하나둘씩 사그라지면서 지나온 세월을 어김없이 보여주고 있다. 빈방을 들여다볼 적마다 마음 한구석이 썰렁해져 온다.

굵은 매직펜으로 '빈방 있음' 광고지를 현관문에 붙여놔도 바람에 펄럭이는 광고지는 저 홀로 외롭다. 지난 몇 년 동안은 이 주택으로 하여금 생활비며 아이들 학비는 물론, 적으나마 적금도 들곤 하여 효자 노릇을 톡톡히 했다. 그러니 이제는 저도 쉬고 싶은 모양이다.

그동안 이 주택을 다녀간 세입자들이 파노라마처럼 스친다. 어느 날 아래층에 말끔한 중년 신사가 세 들었다. 언제 보아도 정결하고 예의 바른 사람이었다. 어쩌다 마주칠 때면 간단한 목례를 나눈 것이 전부였다. 단 한 번도 그의 가족이 찾아오는 법이 없었지만 명절이면 선물을 들고 와서 먼저 인사를 했다. 보기 드문 신사에다 예의 바른 모습에 무엇을 하는 사람인지 궁금했으나 사적인 말은 하지 못했다. 어느덧 2년이라는 계약 기간이 만료됐다. 재계약은 하지 않고 이사를 하면서도 쓰레기 하나 남기지 않고 깨끗하게 정리하고 떠났다.

어디서 무엇을 할까 궁금하던 차에 그분을 목전에서 마주쳤다. 아들의 고교 교정에서였다. 알고 보니 아들 학교 선생님이셨던 것이었다. "선생님이셨군요." 어찌나 송구스럽던지 어설프게 인사를 나누고 그 자리를 서둘러 벗어났다. 아들에게 "너의 학교 선생님도 몰라보았니?" 하자 아들은 집에서조차 선생님과 마주친 적이 없었고, 담당 교과 담임이 아니었기 때문에 몰랐다고 했다. '이럴 줄 알았다면 먼저 인사드리고 예를 갖추었어야 할 것을' 하며 홀로 무안해했다.

출근길에 지나는 마을 입구에 수백 년 된 느티나무가 속을 비운 채로 서 있는 걸 본다. 텅 빈 속을 내보이면서도 가지 끝에는 새잎으로 푸르다.

그동안의 성성했던 푸르름도 향기로움도 모두 비움으로 표현한 모습이 우리 주택을 닮았다. 텅 빈 고목과 나의 빈 마음이 마주한다. 조급한 마음과 집착을 버리며, 사사로운 욕심과 사소한 것들로부터 관대해지라며, 비움과 채움을 알게 한다.

이제 빈방마다 사람이 아닌 생기를 채워본다. 아래층 빈방에는 창문을 통해 들어오는 부드러운 바람을 채우며 이 방에서 살다간 사람의 존재와 그리움을 세 들이고, 2층 빈방에는 밝은 햇살을 담아 마음을 나눴던 추억과 정을 세놓는다. 이렇듯 비어 있으나 생기로 꽉 차 있는 빈방들이 내 마음의 일부분으로 들어앉아 있다. 수명이 다해가는 주택을 매매할 생각을 해본 적도 있지만 아직은 품고 살 작정이다.

"삘리리" 전화벨이 울린다.

"엊그제 전화한 사람인데요. 방 계약하려구요."

이제부터는 입주하는 모든 이에게 따뜻한 정과 사랑을 같이 세놓을 작정이다.

문지방

    그녀의 집에 도착한 건 오후 10시가 넘어서였다. 한여름 밤의 적막한 어둠은 산촌의 자연과 정취마저 감추었고 분간할 수 없는 암흑 속에서 밤벌레와 모기만이 불빛을 찾아 방문 앞으로 몰려들었다. 전남 고흥에서의 첫날밤은 낯선 자리 탓에 쉽게 잠들지 못했다. 새벽이 다 되어서야 눈을 붙였는데 뒤뜰에서 들려오는 산새 소리의 생경함에 눈을 떴다.

    늦은 밤이라서 보지 못했던 고택을 둘러보았다. 지은 지가 100년은 족히 넘은 박공형 쓰레트 지붕은 곧 철거를 해야 할 듯 위태로워 보였다. 지붕을 보고 있노라니 고향 생각이 절로 났다. 고택을 빙 둘러싼 대나무 숲에서 대나무 향이 마루까지 퍼져 기분을 상쾌하게 했다. 앞마당을 동네 길로 내어준 탓에 새벽부터 동네 사람들이 오가며 안부를 전했다. 그녀 부부는 새우 양식하는 동안 이 집에서 생활하고 있다. 바다 끝 산자락이 어우러진 이곳은 첩첩 산골에 있었다. 울퉁불퉁한 쪽마루 끝에 서니 눈부신 아침 햇살 아래 저 멀리 새우양식장이 시야에 들어왔다. 바닷물을 퍼 올려 만든 양식장에서 나룻배를 타고 그녀의 남편이 새우 밥을 주느라 분주해 보였다.

질곡의 세월을 넘기고 형태만 남아 있는 집에는 부엌과 마루, 안방과 웃방 사이에 나무로 된 미닫이문이 있다. 목문으로 연결된 문지방에 미닫이문은 열 때마다 끼이익 소리까지 났다. 불편한 느낌이었지만 고풍스러운 멋이 있었다. 이 문지방이 반가운 것은 드나들며 닳아서 윤이 났던 고향 집을 닮았기 때문이었다.

어렸을 때 문지방에 올라서는 것을 좋아했다. 마을 맨 꼭대기에 자리 잡은 빨간 기와집이 우리 집이었다. 문설주에 기대어 바깥마당과 아랫집을 내려다보던 내 모습이 떠오른다. 우물가에 불두화가 흐드러지게 피어 있는 아랫집을 보면 내 마음도 풍성해지며 저절로 즐거움이 넘쳤다.

문지방을 밟고 서성이는 나를 향해 어머니는 "문지방을 밟으면 복 나간다, 내려와라!" 상서로운 기운이 곧 닥쳐올 거라 믿으셨다.

문지방은 역병이나 잡귀 등 불운을 막아주고, 문지방을 밟으면 장손의 길을 막거나 복이 나가고 귀신이 노한다는 게 그 이유였는데 자라서 생각해보니 집의 균형을 잃지 않기 위해 문지방을 소중히 다루었던 것 같다. 문지방을 밟고 서 있는 두 세계에 대한 중용 의미는 나를 두고 한 말일 것이다. 내게는 확연히 다른 두 그룹의 가족들이 있다.

아버지가 세상을 뜨자 전답 몇 뙈기에 자신의 이름 석 자를 올리기 위해 다섯 딸과 두 아들의 팽팽한 분쟁이 계속되었다. 나는 양쪽 어디나 속해 있었던 반면 어느 쪽에도 매이지 않는 어정쩡한 관계를 갖기도 했다. 아들은 볼일이 있으면 나를 통해 딸들에게 전했고 딸들 또한 나를 통해 아들들에게 전했다. 서로가 상대에게 섭섭함이 있으면 내게로 연락이 왔다. 나는 중간에서 어찌할 바를 몰랐다. 전하자니 아픔이고, 안 하자니 저들의 뜻을 몰라 더욱 오해를 낳았기 때문이다.

나는 경계인境界人이었다. 양쪽을 오가며 균형을 잃지 않아야 한다고 생각했지만 복잡 미묘하고 좌고우면할 수밖에 없는 고난의 길 한가운데서 나의 실체는 애매하면서도 간절했다. 법은 가깝고 침묵은 멀기만 한 형제의 난亂에 나는 문지기로 때로는 포졸로 양난兩難 속에서 무능한 기회주의자가 되고 말았다.

엇갈린 딸들과 아들들이 화합할 수 없는 경계에서 느끼는 부담이 짓누르고 있을 무렵, 급기야 갱년기까지 겹쳐 몸은 내 의지와는 전혀 다른 방향으로 온몸을 괴롭혔다. 문지방을 밟고 서면 복이 나간다고 혼내신 것은 바로 이런 결과를 염려해서 하신 말씀이었는지도 모른다.

저녁 무렵, 친구 남편은 출하를 앞둔 새우를 건져 가져와 소금구이를 했다. 불기운이 닿자 굽은 새우 등이 빨갛게 꼬부라진다. 신선하고 통통한 새우 살이 입안에서 감돌았다. 휴대폰에 오라버니의 번호가 떴다. "너한테 몹시 섭섭하다. 너의 위치가 어디인가를 확실하게 정하라." 오라버니의 격정에 먼 곳으로 떠나왔어도 휴식은 없었다.

등 굽은 부모님의 사랑은 측량할 길이 없건만, 자식들끼리 등이 터진 우애는 끝 간 데 없어 보였다. 나를 둘러싼 경계의 문지방을 혼신을 다해 넘어왔어도 화해라는 더 높은 문지방이 기다리고 있다.

어느덧 구부능선 위로 보름달이 떴다. 달빛은 마을 뒤쪽에 멧봉우리를 타고 넘어가며 하늘과 경계인 지평선을 지웠다. 밝고 자유로운 달빛을 본다. 형제간에 배려와 욕심, 믿음과 반감이라는 조화할 수 없을 것 같은 두 경계를 허무는 월광이 내 가족에게도 비추기를 소원하고 있다. 언젠가는 볼 수 있을까, 그 평화로운 낯빛을. 지금 나는 또다시 문지방에 올라 서 있다.

유년의 그림자

　　싸리꽃 같은 햇볕이 길게 흩어져 뜰 안에 가득 고인다. 산은 산마다 초록 물감을 뿌려 놓은 듯 푸르름이 짙어가고 있다.

　　모내기 철이 시작되자 고향 마을은 탕탕거리는 경운기 발동 소리와 트랙터 운전하는 소리로 제법 바빠지고 있다. 바쁜 농심을 눈치라도 챈 양 농가를 둘러싼 토담에는 갖가지 색깔의 넝쿨장미가 덩달아 앞다투어 꽃망울을 터트렸다. 금방이라도 다가가 꽃잎을 만져보고, 향기를 맡아보고 싶도록 섹시하면서도 육감적이다. 햇빛에 반사되어 찬연하도록 아름다운 장미는 오월의 향연을 만끽하고 있다.

　　50여 년 전만 해도 이곳에는 넝쿨장미를 찾아보기 어려웠다. 대신 하얀 찔레꽃과 소담스럽게 핀 수국이 집집마다 돌담을 장식하고 있었다. 마을 어귀에는 시멘트 조각물에 4H정신인 "지 덕 노 체" 글씨가 녹색의 네 잎 클로버 안에 어설프게 새겨 있었고, 가운데에는 "새텃말"이라는 마을 이름이 새겨져 있었다. 마을은 이십여 호의 농가가 삼태기 모양으로 군락을 이루어 작지만 아늑하고 정감이 갔다.

　5월 초순이면 남새밭에는 하얀 감자꽃이 피어나기 시작하고 옥수수는 하룻밤 사이에 쑥쑥 자라 제식훈련을 하는 병사들처럼 밭고랑을 기준으로 길게 줄지어 서 있었다. 이맘때쯤이면 아버지는 모내기를 하기 위해 논에 물을 대고 소를 부리며 써레질을 하느라 바쁘셨다. 따가운 봄볕 아래 소를 부리는 소리가 마을 맨 꼭대기에 위치한 우리 집까지 들려왔다. 아버지는 다른 어떤 일보다도 힘을 많이 들어야만 할 수 있는 '쉰일'을 하셨다. 어머니는 아홉 살 난 나에게 아버지의 오후 "새참" 심부름을 보냈다. 마을 앞에 있는 논배미 거반은 아버지의 '이랴' 소리 덕분에 엉크러진 머리칼을 빗질해 놓은 듯 매끄러워졌고, 알맞게 차 있는 물은 햇볕에 반사되어 찰랑찰랑 아가씨의 생머리처럼 빛났다. 찰랑거리는 물거울 위로 산이 잔잔히 흔들리며 거꾸로 비치고, 푸른 하늘은 물논 속에 빠져 하늘하늘 춤을 추기도 했다. 새참을 달게 드시는 모습이 아직도 선연하다. 물을 가두어 놓은 논에는 금방 심어 놓은 모가 갓난아기의 배냇머리처럼 듬성듬성 박혀 있었다. 밤이 되면 무논에서는 개구리와 맹꽁이 울음소리가 오케스트라의 협주곡처럼 들려왔다. 지휘자도 없는 화음이 어린 나의 심금을 애잔하게 울려 주었다.

　몇 번의 봄비를 맞고 나면 맑은 산소를 머금은 벼들이 쑥쑥 키가 자란다.

　우리 집은 그나마 꽤 넓은 마당을 지니고 있었으며, 대청마루도 컸다.

　대청 한쪽 벽면 중앙, 읍내 신발 상사에서 얻어온 달력 속에는 한복을 입은 스타 배우 '문희'의 수려한 외모와 화려한 옷이 어린 내 가슴을 녹아내리게 했다.

뒤꼍으로 통한 대청 문을 활짝 열면 늘어선 아카시아 나무가 꽃향기를 쏟아붓는다. 어김없이 찾아오는 봄의 전령사인 뻐꾸기가 '뻐꾹 뻐꾹' 울음 소리를 내면 온몸에 작은 경련이 일어나며 작은 가슴은 또 한 번 설레었다.

뒤꼍에는 40여 년을 족히 넘긴 장독대가 자리 잡고 있었다. 매월 초사 흘날 밤이면 붉은 팥고물이 고슬고슬 얹혀 있는 떡시루가 커다란 간장 단지 위에 올려진다.

"정아! 이 촛불 좀 들고 있거래!"

어머니는 치성을 올리는 이 의식에 나를 동참시켰다.

"비나이다 비나이다 천지신명님께 비나이다. 북방으로 간 시째 서방님 하루속히 돌아오게 하시고, 부디 집안에 다른 우환이 들지 말게 하옵소서."

한밤중, 별빛이 으스러질 때면 황촛불 아래 하얀 한복을 차려입은 어 머니가 6·25 때 납북된 시동생 돌아오길 바라며 늘 기도를 올렸다. 나는 치성을 올리는 어머니의 몸짓이 마치 한 마리 학처럼 숭고하게 느껴졌다.

장맛비가 시작되는 여름이면 둠벙 물이 넘쳐 논도랑 사이로 물방개, 붕 어와 미꾸라지 등 잡어가 마구 떠내려온다. 오라버니와 나는 얼레미를 도 랑 사이로 걸쳐 놓고 윗 도랑에서부터 잡어를 몰아오다 보면, 어느새 펄쩍 펄쩍 뛰는 손바닥만 한 참붕어와 미꾸라지가 양동이 하나 가득 넘쳤다. 변 변한 우비도 없이 온 비를 다 맞고 나면 급기야 감기에 걸려 며칠을 끙끙 앓아야만 했다. 그래도 한여름 장맛비는 내게 오라버니와의 진한 추억을 남겨 주었다.

지리한 장마도 지나고, 남새밭에 고구마가 제법 큼지막한 속살을 흙 위 로 드러낼 무렵이면 마당에서는 도리깨질과 홀태기 돌아가는 소리가 연일 계속되었다. 돌아가는 홀태기에 콩 줄기를 댔다 하면 콩 알맹이가 튕겨져 나가 내 얼굴을 사정없이 때렸다. 홀태기 하나면 모든 곡식이 알곡과 쭉정이로 나눠졌다. 와랑와랑거리는 홀태기 소리는 그 가을이 다 가도록 지겹도록 그치지 않았다.

벼 타작은 경운기를 이용한 탈곡기를 이용했는데, 어느 때는 밤에도 횃불을 들고 계속 탈곡을 해야만 했었다. 벼 탈곡을 끝내고 나면 비로소 우리 집은 긴 안식에 들어갔다.

내 나이 지천명을 앞둔 지금, 이제는 소를 모는 아버지의 쉰 음성 대신 트랙터 소리가 들리고, 홀태 소리 대신 콤바인 소리로 바뀌었지만 아직도 옛집과 논밭은 그곳에 그대로 자리하고 있었다. 지금은 구성진 아버지의 음성과 모습은 온데간데없지만, 아버지의 발자취는 보석처럼 남아 있어 유년의 그림자를 보듬고 있다.

사람은 누구나 유년의 그림자를 가슴에 묻고 살아간다. 유년 시절에는 장차 다가올 삶에 대한 두려움과 갈등, 사랑과 그리움 등 삶이 본질이 무엇인지 모르고 살아간다. 사춘기를 맞이하여 삶에 판도라의 상자가 열리기 시작하고, 질풍노도의 홍역을 치른 뒤에야 삶이 무엇인가 조금은 더 알게 되고, 청년기를 맞아 비로소 삶의 정식 초대를 받는다. 수많은 경쟁과 갈등 속에서 청년기는 오로지 전진만이 존재 이유였다. 휴직마저도 생존의 일부로 살아온 중년! 끝도 없는 기나긴 여정을 이겨내야 하는 삭막한 현실을 그래도 감사하며 살아갈 수 있었던 것은 유년 시절의 그림자를 담은 가슴속의 병풍이 있었기 때문이었다.

삶이 지치고 힘들 때마다 유년의 그림자는 봄의 향기로움을, 여름의 뜨거움을, 겨울의 정지된 고요함을 가져다 주었다. 내 삶에 희망과 용기를 선물했고, 생활의 여유와 부유함, 사랑과 존경, 지식과 열정을 갖게 해 주었다.

앞으로 남은 삶도 병풍 속을 한 폭 두 폭 채워 갈 것이다. 고운 실로 행복을 수놓을 병풍은 지나온 삶과 남은 삶을 담은 소중한 발자취이자 자화상이 될 것이다.

지동리 가을

은행잎이 우수수 떨어지는 가을의 한복판에 와 있다. 평화로운 숲길, 토요일 오후, 몸도 마음도 가까운 산길을 오르고 있다. 정상이 기다렸다는 듯이 손을 내민다. 저 멀리 고향 집이 보인다. 언덕 위에 우뚝 서 있는 십자가 탑은 전설이라도 품고 있는 것 같다. 고향 집 마당에서 볏단을 하늘 높이 아버지를 향해 던지고 있는 열다섯 살 내 모습이 보인다.

추수철이 되면 논배미에 베어 놓은 볏단을 소달구지에 싣고 집 마당에 부려놓았다. 다음 마차가 도착하기 전에 마당 가득한 볏단을 치워 놓아야만 했다. 볏단을 높이 올리는 일은 농구공을 골대에 넣는 것만큼이나 고되고 힘들었다. 나는 어서 이 일을 끝내고 가야 할 곳이 있기에 마음이 더욱 분주했다. 저녁 예배가 있는 목요일, 나는 먼지투성이가 된 몸을 씻고 깨끗한 옷으로 갈아입었다. 그즈음 교회에 가는 것이 즐거웠다. 얼마 전 젊고 잘생긴 전도사님이 오셨다. 독실한 신자들이 들으면 경을 칠 일인지도 몰라도 그 교회를 다니는 여자애들은 그런 이유로 교회에 왔다. 예전에는 점잖고 경험이 많은 전도사님이 설교를 했지만 지루하고 졸리기만 했다. 옆자리를 돌아보면 아이들은 연습장을 꺼내 낙서를 끼적거리거나 졸고 있었다. 그러나 새로 오신 전도사님이 설교하시게 된 후론 전혀 그렇지 않았다. 전도사님이 "기도합시다." 하고 한마디만 해도 시를 읊조리는 듯 목소리가 낭랑했다. 찬송을 할 때면 메시아가 나타나신 것만 같았다. 중학교 2학년 나의 이상형은 신학교를 졸업한 지 얼마 되지 않은 전도사님이었다.

엄마를 따라 다니게 된 교회이었지만, 나의 주일학교 생활은 달콤하기 짝이 없었다. 언덕을 오르고 논밭 길을 가다 보면 종아리에 알이 배길 지경이었지만 다리가 아픈 줄도 몰랐다. 산에는 들꽃이 많았다. 들국화, 구절초 고마리를 꺾어 유리병에 꽂아 강대상 위에 올려놓는 것으로 그를 향한 나의 순수한 사랑을 표현했고 어느새 나는 제이의 십계명을 철저히 지키는 신자가 되어 있었다.

교회 옆에는 작은 사택이 있었다. 그 사택에 거주하는 전도사님은 이 교회를 처음 개척한 칠십이 넘은 테레사 권사님과 거주를 하였다. 권사님은 생김새나 걸음걸이가 테레사 수녀님을 닮았기 때문에 우리는 그렇게 불렀다. 전도사님은 가끔 우리를 사택으로 불러들여 괴도 루팡이나 애거서 크리스티, 발자크에 대해 이야기를 해주었다. 마치 셜록 홈즈가 된 듯이 설교를 할 때보다도 더 논리적으로 풀어 놓는 이야기는 흥미진진했다. 테레사 권사님은 엄마와 아주 가깝게 지내셨기에 전도사님의 생활을 전해 듣는 것은 그리 어려운 일이 아니었다. 그의 하루 생활은 온통 주님께 향해 있다고 했다.

그가 심방을 왔다. 마침 벼 타작을 막 시작할 무렵이었다. 온 가족과 여

남은 되는 동네 아저씨들이 손을 맞춰 탈곡을 했다. 알곡을 털어낸 짚단을 마당 끝에 쌓는 일은 오빠들 몫이었다. 바쁜 걸 눈치챈 그는 일을 거들겠다며 두 팔을 걷어붙였다. 그러나 30분도 안 돼 얼굴과 온몸에는 땀과 먼지로 뒤범벅되었다. 플러스펜 같았던 그의 목소리는 매직펜처럼 거칠고 굵은 신음을 냈다.

"전도사님이 다른 지방으로 사역을 떠난단다." 봄이 올 무렵 어머니는 그에게 전해줄 선물을 가지고 나섰다.

가을바람이 코끝에 향기롭게 머문다. 지금쯤 그는 목사님으로 은퇴를 앞두고 있을지도 모른다. 살다 보면 그 자리에 눈이 머물고 바라보게 되는 순간들이 있다. 그림처럼 아름다운 추억은 나락으로 가득 찬 토광처럼 풍요롭고 찰진 모습으로 그리움을 살찌운다.

찔레꽃

하얀 꽃 찔레꽃/순박한 꽃 찔레꽃/별처럼 슬픈 찔레꽃/달처럼 서러운 찔레꽃/찔레꽃 향기는 너무 슬퍼요

중년을 훌쩍 넘긴 남자 가수가 꽃향기에 취해 울었다. 노래를 부르기보다는 울부짖었다. 노래가 끝나고도 한참 동안 가수의 표정과 목소리가 그대로 가슴을 녹여냈다. 고향에는 유난히 찔레꽃이 많았다. 뚝방길에 찔레꽃이 만발하는 5월이면 가시를 떼어내고 꽃수레로 화관을 만들어 머리에 썼다. 찔레꽃의 은은한 향기는 머리 위에서부터 뒷목을 타고 폐부 깊숙이 들어와 감성을 흔들어 놓았다.

덕호가 우리 집에 온 것은 언덕 위에 찔레꽃이 만발할 즈음이었다. 초등학교 4학년인 내가 그를 처음 보았을 때 그동안 우리 집을 거쳐 간 다른 머슴들과는 많이 달랐다. 우선 나이가 삼십대 초반이었고 몸도 날렵했다. 짧게 깎은 스포츠머리에 핏기없는 얼굴, 목소리도 조용했다. 어머니는 덕호가 부모님을 일찍 여의고 삼촌 집에서 자랐다고 했다. 아버지는 덕호를

한식구로 대해 밥상도 같이 겸상을 했고, 옷이며 음식도 우리와 똑같이 신경을 써 주셨다. 딸이 많은 아버지는 덕호의 잠자리만은 사랑채 윗방에 따로 마련해 주고, 아버지는 아래 사랑채를 쓰셨다. 덕호가 어디서 어떻게 우리 집으로 왔는지, 사경私耕을 얼마나 주기로 했는지는 아버지만이 알고 계실 뿐 우리의 관심 밖이었다.

덕호가 들에 나가 일하는 틈을 타 나는 가끔 덕호 방에 들어갔다. 방 안 세간이라고는 이불과 옷들, 작은 책상 위에는 소설책과 잡지, 그리고 야외 전축과 엘피 판 몇 장이 전부였다. 들일하는 사람의 방이라고 하기엔 좀 이상스럽기도 했지만 신기하게도 그곳에서는 찔레꽃 향기처럼 은은하면서도 찐한 향기가 났다. 호기심이 많았던 나는 살며시 전축 턴테이블 위에 레코드판을 올렸다. 레코드판이 빙빙 돌아가면서 팝송이 흘러나왔다. "keep on running" 정확한 뜻과 의미도 모르면서 나도 모르게 엉덩이를 흔들며 춤을 추었다. 가끔 저녁식사가 끝나면 밤이 늦도록 음악을 들으며 피곤함과 외로움을 달래던 덕호의 비틀거리며 흔들어대던 모습 그대로……

시간이 흐르면서 덕호와 나는 오누이처럼 지냈다. 여름방학 숙제인 곤충 채집을 하기 위해 덕호는 나뭇가지에 소를 매어 놓고 매미, 방아깨비, 잠자리 등을 잡아주었다. 그의 손을 거치면 어떤 곤충이든 그대로 박제가 되었다. 해 가는 줄도 모르고 그의 뒤를 쫓다가 그만 돌부리에 넘어져 무릎을 많이 다쳤다. 그는 약쑥을 뜯어 돌멩이로 찧어 동여매 주었다. 그는 기꺼이 등을 내주어 한 손으로는 소를 몰고 남은 한 손으로는 나를 업고 돌아오는 내내 작은 목소리로 〈찔레꽃〉 노래를 불렀다. 그의 등에서 땀 냄새와 함께 찔레꽃 향기가 물씬 코끝에 와 닿았다. 그런 덕호에게 여자가 생겼다.

같은 마을에 사는 '병순'이라는 여자였다. 병순이는 눈이 유난히 컸고 어려서 어머니를 여의고 홀아버지와 여동생과 살고 있었다. 살림이 넉넉지 못한 그녀의 아버지는 거의 매일 우리 집에 품일을 거두며 품삯을 받아갔다. 어떤 날은 병순이와 여동생을 데리고 와서 식사를 해결하곤 했다. 병순이는 열 살 때부터 집안 살림을 도맡아야만 했다. 나이가 들면서 제법 아가씨로 성숙해졌다. 덕호는 그녀에게 연민의 정을 갖게 된 것이 아닐까 했다. 그의 연애는 작은 시골 마을에 소문이 나기 시작했다. 시골에 이상한 소문이 퍼지기 시작하자 집안에 누가 될까 걱정이 된 아버지는 덕호를 보내야만 했다. 집안 분위기가 심상찮게 돌아가나 싶더니 학교를 파하고 집으로 왔을 때 덕호는 없었다. 그날 언덕길에 하얗게 떨어진 찔레꽃잎을 발길로 툭툭 차며 괜히 심통을 부렸다. 휑하니 빈 덕호의 방에서도 더 이상 음악 소리도 찔레 향도 나지 않았다.

덕호가 떠난 후 다른 낯선 일꾼 아저씨가 왔다. 나이가 지긋하고 눈썹이 유난히 검었다. 아저씨는 담배를 끊임없이 피워댔다. 골초라 곁에 가면 역겨운 담배 냄새가 한 발 다가오면 두 발 멀어지게 했다. 이 아저씨와는 대화도 없었고 궁금한 것도 없었다. 아저씨는 덕호가 썼던 방을 그대로 썼다. 방 안에는 담배 냄새만 가득할 뿐 덕호가 있을 때처럼 찔레나무 향기는 없었다. 나는 그 방에 다신 들어가지 않았다.

그 뒤 풍문처럼 이런저런 덕호의 소식을 들을 때마다 내 곁을 떠나지 않던 아득한 향기. 여고생이 된 나는 그가 살고 있는 마을에 갔다. 결혼을 했지만 '병순'이는 아니었다. 지금은 남의 집 살이를 하지 않고 근처 공장에 다닌다고 했다. 이런저런 이야기를 나누는데 그의 아내가 불렀다. 그와의 만남은 그게 마지막이었다. 수십 년이 지난 지금도 찔레꽃이 피는 이맘때면 풋풋한 추억으로 아련한 기억 저편에서 풀풀 날아올라 발끝에 하얗게 떨어진다.

들꽃이 핀 철길에 핀 추억

　　언니는 자기가 태어나기 훨씬 이전부터 철길이 그곳에 있었다고 했다. 철길은 교회당 옆으로 길게 뻗어 시내를 향했다. 어린 시절, 교회를 갈 적마다 언니의 손에 이끌려 철길을 걸었다. 초등학교 저학년인 내 발짝으로 침목을 한 칸씩 건너기에는 무리였는지 항상 엇박자를 이루었다. 힘차게 뻗지 못 하는 발걸음에 도착지가 까마득히 멀게만 느껴졌다. 언니의 손을 놓치기라도 할 때면 갑자기 기차가 나타나면 어쩌나하는 생각에 뒷덜미를 잡아당기는 듯 소름이 돋았다. 고샅 같은 철길을 다 건넜을 때, 멀리에서부터 들리는 '빠—앙' 기차 경적 소리가 가까워지면서 나의 심장박동도 함께 빨라졌다.

　　고학년이 되면서 나는 이웃 마을에 사는 옥규와 함께 예배시간이 끝나면 철길로 갔다. 바람이 산들거리는 철길 모퉁이에는 맨드라미와 과꽃이 수줍게 피어 있었다. 꽃잎을 따서 책갈피에 곱게 압착을 시키고, 수탉 벼슬 같은 맨드라미 꽃등에 작고 까만 씨앗이 촘촘하게 삐져나올 무렵이면 씨앗을 손톱으로 긁어 봉투에 넣었다. 날카로운 풀에 베이고 더위가 기승을 부려도 우리는 지루한 줄 모르고 오후 내내 놀이에 빠져들었다. 놀다보면 어느새 옥규 둘째 오빠가 나타나서 옥규를 데리고 갔다.

중학생이 되면서 버스 통학을 하게 되었다. 여름 장마로 인해 하천이 범람하여 다리가 물에 잠길 때면 통학버스는 결행되어 기차를 타고 가야만 했다. 아침 한 번만 시내로 가는 기차는 인근 지역에서 모인 학생들로 콩나물시루였다. 고등학교 상급생인 옥규 둘째 오빠는 키 작은 우리를 품안에 놓고 숨통이 트이도록 버팀목으로 꼿꼿이 서서 보호해 주었다.

고등학생이 되자 철길은 나의 일상에서 멀어져갔다. 마음이 답답할 때면 이따금 철로를 산책했다. 철길은 무척이나 반갑게 나를 맞아 주었다. 철길에 걸터앉아 발아래 펼쳐진 들판을 바라보며 명상에 잠기곤 했다. 비가 개인 후 철길에는 촉촉이 젖은 침목 사이로 자갈을 비집고 올라오는 푸릇푸릇한 잡초 끝에 매달린 물방울이 싱그럽고 눈부셨다.

면서기를 하고 계시던 옥규 아버지는 우리 아버지와 각별한 사이였다. 나이가 같다는 이유로 동갑네 친목계원으로 자주 만남을 가졌고 봄 행락철이면 벚꽃 놀이며 가을에는 부부 동반 단풍 놀이도 즐기셨다. 자식들도 그만그만했다. 큰아들 모두 대기업에 취직이 된 것이 자랑이었고 둘째 아들 모두 대학에 다니는 것도 닮았다.

몇 해가 지났다.

인적이 드문 어느 날, 시내를 다녀오는 길이었다. 지름길인 철로를 걷다가 옥규 둘째 오빠를 보게 되었다. 멍하니 철길에 서서 대상도 없는 허공에 손짓을 하며 뭐라 알아들을 수 없는 말을 웅얼거리고 있었다. 먼발치에서도 가까이 보이는 것 같았다. '저 오빠가 왜 저러지?' 의아해하면서도 이제는 서로가 어색함을 아는 나인지라 그냥 지나쳤다.

집으로 가까워 오자 기차 기적 소리가 점점 크게 다가오고 있었다. 그러다가 경고의 기적 소리가 귀청을 울렸다. 갑자기 등골이 서늘해지고 머리가 쭈뼛해졌다. 급정거하는 기차의 파열음 속에서 "아악" 비명 소리도 들렸다. 기차는 아무 일도 없는 듯이 지나갔다. 사랑하는 여인과 이별 후 돌이킬 수 없는 선택을 한 둘째 아들을 보낸 옥규 아버지는 더 이상 우리 집에 찾아오지 않았다.

기억이 희미해질 즈음, 오랜만에 철로로 갔다. 철로는 여전히 나를 맞이해 주었다. 말없이 깊은 암영이 드리워진 색다른 들판의 전경을 펼쳐 보이며 나의 마음을 어루만져 주었다. 오래전의 악몽을 잊은 건 아니지만 그래도 나에게는 많은 추억을 안겨준 곳이었다.

나는 지금 내 마음속에 가로 놓인 철길에 오른다. 자식으로서, 아내로서, 엄마로서 걸어왔던 길, 돌아보면 푸른 꿈도 있었고 행복도 있었다. 한 해 두 해가 흐르면서 삶은 무르익고, 겹겹이 쌓인 세월이 어긋날 적도 있었지만 후회하지 않을 길을 걸어온 것 같다.

삶의 과정이 곧 길이다. 삶이 다할 때까지 걸어야 한다. 높고 낮은 길을 걸으며 폭풍을 만날 때면 꽃길을 상상하며, 꽃길을 만날 때면 미래의 어려움을 해결할 힘을 비축하며 걷고 있다.

이제는 가끔씩 무릎관절이 삐걱거리며 어렸을 때처럼 침목과 다시 엇박자를 내기 시작하지만 내 인생의 종착역을 향해 힘차게 걸어간다.

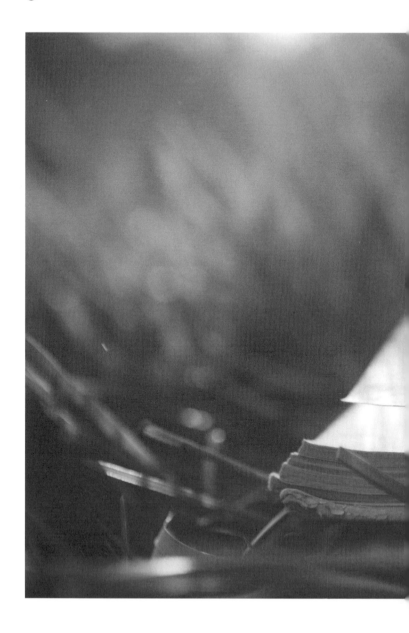

3

美 親
| 미친 여행

컨츄리꼬꼬들의 행진

27년만의 한파 속에서 5년 만에 직장 워크숍으로 3박 4일 일정으로 일본 미야자키로 떠났다. 미야자키 공항에 도착하자 길가의 야자수에서 남국의 정취가 풍겼다.

우리 일행은 일본의 특급호텔 쉐라톤에 머물게 되었다. 우선 짐을 풀고 각 호텔 방에 배정을 받은 후 석식을 마치고 밤 10시에 호텔 안에 있는 쇼센큐 노천 온천으로 향했다.

일본엔 많은 온천지대가 분포해 있다. 미야자키에서 알려진 이곳은 날씨가 몹시 차가웠다. 노천 온천으로 들어서니 코앞에서 가로등 불빛에 오래된 소나무 수십 그루가 자라는 모습이 보였다. 머리만 내민 채 온천을 즐겼다. 눈 앞의 해송 사이로 뽀얀 김이 퍼져나가는 것을 바라보며 호텔의 웅장한 자태를 감상했다. 천연 알칼리성으로 해수와 광물 성분으로 이루어진 온천은 몸 안에 있는 독성과 노폐물을 한꺼번에 배출해 주는 것 같았다.

소나무 사이에서 솟아 나오는 온천의 궁전이라는 뜻의 손센큐 온천. 송림을 벗 삼아 노천 온천을 즐길 수 있다는 것이 새삼스러웠다. 온천을 나서자 찬 공기가 사정없이 뜨겁던 몸을 파고 들어온다.

　다음 날 오전 7시경 눈을 뜨니 통유리 밖으로 태평양 바다가 한눈에 들어왔다. 해돋이가 시작되려는지 수평선 넘어 수백 킬로미터의 해안가에 붉은색의 띠가 둘러지기 시작했다. "아" 탄성이 절로 터져나왔다. 복숭아빛 둥근 해가 서서히 오르고 있었다. 해안가를 따라 노송이 끝도 없이 이어졌다. 마치 제주 성산 일출봉을 보는 듯한 착각이 들었다. 대자연 속 인공적인 솜씨로 해변가에 해송을 조성해 놓은 것을 보며 일본에 대한 매력과 감동을 받았다. 오전 7시 25분, 해돋이를 실시간으로 휴대폰에 담았다. SNS 메신저로 한국에 있는 아이들에게 메시지를 보내니 곧바로 답이 왔다.

　"엄마, 일본에서 맛있는 것 많이 드시고 멋진 것 많이 많이 보고 오세요. 여기는 염려하지 마시고 즐겁게 보내세요."

　'이쁜 내 새끼들 같이 왔으면' 하는 아쉬움이 내내 가슴에 얹혀 있었다.

　뜨거운 커피 한 잔을 타서 호텔 밖으로 눈을 돌리니 눈 아래로 수만 평에 이르는 골프장이 그림처럼 펼쳐 있어 보는 것만으로도 힐링이 되는 기분이었다. 외국인들이 골프 여행을 이곳으로 오는 이유를 알 수 있었다. 미야자키의 명문 골프장은 바닷가와 인접해 있어 더욱 아름다웠다. 93년 이곳 피닉스CC에서 타이거 우즈가 일본 선수와의 치열한 경기 중 활처럼 휘어지는 그림 같은 퍼팅을 성공시키며 우승을 했다고 한다.

　다음 날에는 아야성을 방문했다. 일본16C 전국시대의 3대 영웅은 도쿠가와 이에야스, 토요토미 히데요시, 오다 노부나가 3인이라 한다.

　아야성은 불탔지만 지금은 복원했다 한다. 1층엔 영웅들의 갑옷과 장

칼이 전시되어 있고 2층엔 자료 및 역사해설이 있었다. 3층은 천수각으로 멀리 적군이 쳐들어오는 것을 볼 수 있어 이곳에서 대책을 논했다 한다. 세 영웅의 서슬 시퍼렇던 그 시대의 활약이 지금은 미동도 느낄 수 없는 박제가 되었다. 다만 그날의 함성만이 어렴풋이 들려오는 듯했다.

다음 행선지로 아야노 테루하 오오츠리바시(아야현수교)로 발걸음을 재촉했다. 거대한 철물로 교각이 서 있었다. 직업은 어쩔 수 없는지 직원 모두가 교각의 아름다움보다는 교각의 모양과 재료와 견고함 등을 눈여겨보았다. 역시 대단한 기술력이라며 놀라워하였지만, 이 정도쯤은 우리도 얼마든지 설치할 수 있다며 의기양양하였다. 이어서 슈센노모리 술 공장으로 견학을 갔다가 여러 종류의 술만 잔뜩 사가지고 숙소로 들어왔다.

저녁 식사를 끝내고 사장님의 객실에 22명이 모두 모여 술판이 벌어졌다. 홍일점인 나도 그 자리에 합석할 수밖에 없었다. 지금은 여행을 동반한 직원 워크샵이니까 말이다. 술은 당연히 사케라고 불리는 일본 소주와 좀 전에 견학했던 술 공장에서 사온 것들이었다. 보리로 만든 무기소주, 고구마로 만든 이모소주, 카라구치, 야마구치, 과실주 이름도 처음 들어 보는 술을 들고 어떤 술이 더 독한지 순한지를 서로 평가하며 원샷에 건배를 열심히 외쳐댔다. 술을 전혀 하지 못하는 나로서는 난감하기 짝이 없었다. 마시자니 괴롭고 마시지 않자니 분위기가 깨질 것 같은 느낌이 들었다.

여느 술자리처럼 으레 음담패설도 오가고 거나하게 술기운이 오른 직원들이 호텔 방을 들썩이게 할 무렵 내가 한마디 했다.

"이 중에 가장 순한 술이 무엇인지 아세요?"

9년 차 직장 생활을 하면서 단 한 번도 술잔을 입에 대지 못했다. 체질적으로 그러하려니와 기독교인이라는 핑계도 대니 직원 회식이 있어도 아무도 나에게는 술을 권하지 않았던 것이다. 그랬던 내가 "술 중에 가장 순하고 맛있는 술은 바로 내 입술!" 손가락으로 내 입술을 갖다 대니 함성이 터졌다. 박장대소를 하며 실장님 그런 농담도 하실 줄 아느냐고 너스레를 떤다. 그러자 옆에 있던 남자 직원이 여자는 역시 "마돈나"처럼 마르고, 돈 많고, 나긋나긋한 여자가 제일이라며 그렇잖아도 요즈음 온몸이 풍선처럼 자꾸만 부풀어 오르는 나를 약 올린다. 그렇다고 내가 가만히 듣고 있을 리 만무였다. "남자는 역시 돈키호테가 최고죠!"라며 "돈 많고, 키 크고, 호남형이고, 테크닉이 좋아야 한다." 하자 또 한번 박장대소로 분위기는 더욱 화기애애해졌다.

다음 날 새벽 일찍 기상하여 호텔 옆 산책로에서 대여해주는 자전거를 타고 해안가를 돌고 돌았다. 손발이 얼얼하도록 추웠지만 페달을 밟으며 송림 속에서의 삼림욕을 즐기고 상쾌한 기분으로 아침을 맞이했다.

오늘은 그야말로 깊은 산속에 있는 키리시마 노천 온천으로 가는 날이다. 그런데 문제는 속옷을 모두 벗고 들어가야 한단다. 남자들은 벌써 홀러덩 옷을 벗고 긴 가운만 걸친 채로 온천 속으로 텀벙텀벙 개구리 점프하듯이 들어간다. 그러나 나는 속옷을 입고 겉에 가운을 걸치고 멀찌감치 혼자서 산속의 선녀가 된 양 온천에 몸을 담갔다. 밖에 온도는 영하 4~5도로 추운기를 느꼈지만 온천 속에서는 뜨거운 물에 머리와 얼굴과 몸이 땀으로 비 오듯 적셔진다. 시원하면서도 말끔해지니 세상 걱정도 없고 욕심도 없다.

마지막 날은 아오시마 관광을 했다. 이 작은 섬에는 수령 300년을 넘는 열대식물을 비롯한 많은 식물이 있어 특별 천연기념물로 지정되어 있다 한다. 신사에 들어가기 전에 반드시 두 손을 깨끗이 닦고 입장을 해야 한다. 그런데 우리 일행 중 한 사람이 그 물이 식용인 줄 알고 한 바가지를 뜨더니 홀짝 마셔 버린다. 일행의 찝찝한 표정을 보니 웃음이 터져 나왔다. 신사 내에는 소원을 적은 메모지를 곱게 접어 매달아 놓는 곳이 있다. 소원줄에 매달린 메모지들이 꽃처럼 피어나 있었다.

혹시나 하는 마음으로 소원을 적어 매달았다. 아오시마에 온 기념으로 달아놓아도 좋을 것 같았다. 신사 앞에는 오니노센타쿠이타라하여 '귀신의 빨래판'이라고 불리는 이곳은 융기에 의해서 만들어졌다 한다.

빨래판 바닥을 한 발짝 한 발짝 내디딜 때마다 온몸에 찌들어 있던 때와 세상을 부정하는 마음과 걱정과 근심을 하나씩 하나씩 꺼내어 뽀드득 뽀드득 빨아냈다. 이 먼 곳까지 와서 그동안의 흙칠한 모든 것을 새 하얀 옥양목으로 갈아입고 다시 하늘을 날아 그리운 한국 땅으로 오르고 있다.

미친美親 여행

오겡끼데스까~ ~ 와따시와 겡끼데스~

(잘 지내나요? 전 잘 지냅니다.)

끝없는 설경에서 몽환적이고 아련한 느낌을 주었던 영화 〈러브레터〉, OST 피아노 선율과 특유한 색채의 분위기는 슬프고도 아련한 울림을 주었다. 20여 년 전 졸린 눈으로 보기 시작했지만 시간이 지날수록 두 눈을 더욱 또렷하게 만든 영화였다.

〈러브레터〉 영화로 유명한 오타루, 20여 년 동안 마음을 통한 시골 초등 친구 스물다섯 명이 이곳에 섰다. 3월 초인데도 체감온도는 영하 30도를 넘는 추위가 두터운 다운점퍼 속을 파고들었다. 온통 하얀 눈이 뒤덮인 그야말로 겨울 왕국이었다. 온몸을 날려버릴 듯한 한파 속에서도 오타루 운하는 유유히 흐르며 쏟아지는 눈꽃 송이를 녹여 내고 있다. 오타루는 일 년 중 절반을 겨울이 차지하며 은빛 설국으로 변신하여 눈빛거리축제로 들썩인다. 축제가 끝난 거리에는 아직도 환상적인 빛이 감도는 듯했다.

오타루 운하를 지나 오르골당 거리를 걸었다. 이 길 위에서 영화 〈러브 레터〉와 조성모의 〈가시나무〉 뮤직비디오를 촬영했다고 하니 걷고 있는 내 게도 귀한 인연을 만날 것 같은 좋은 예감이 들었다. 가는 곳마다 영화의 흔 적을 볼 수 있어 감회가 새로웠다.

우리는 세계 각국의 오르골 판매장으로 들어섰다. 넓은 매장 안에는 눈 부시게 아름다운 오르골이 진열되어 각각의 소리를 담고 있었다. 태엽을 감으면 영롱한 음악과 함께 빙빙 돌아가는 모습으로 묘한 매력을 발산했 다. 아기자기하고 영롱한 오르골의 소리는 듣는 이로 하여금 동심으로 빠 져들게 했다. 천국의 음악이라는 별명처럼 절묘한 오르골 음색이 오타루에 울려 퍼진다. 그냥 나갈 수 없도록 유혹하는 음악 소리에 남자 친구들은 딸 에게 줄 선물들을 곱게 포장했다.

우리의 언어가 이런 음악이라면, 질서정연한 대위법을 배열하진 못해 도 진실은 왜곡되지 않게 전해지리라는 생각에 이른다.

매장 밖으로 나오자 더 많은 눈과 바람이 눈앞을 가렸다. 잠시도 방심할 수 없을 정도로 빙판이 된 도심은 꽁꽁 얼어가고 있었다.

노보리베츠로 가는 길은 환상적이었다. 한 시간이 넘도록 달리는 국도 변 산 위에는 눈 덮인 계곡과 자작나무 가지마다 상고대가 아름답게 피어 앙상블을 이루었다. 이색적인 풍경을 보며 우리들은 환호성을 질렀다. 극 한 추위에 맞서는 사람들에게 선물한 진귀한 풍경이었다. 그러나 심한 눈 보라로 인하여 급기야 교통이 두절되고야 말았다. 다른 길로 돌아갔지만 얼마 가지 못하고 다시 호텔로 되돌아가야만 했다. 잠시라도 맑은 하늘이 문을 열어 노보리베츠의 지옥의 계곡과 하루 1만 톤의 자연용출량을 자랑하는 유황천과 식염천, 명반천에서 온천을 즐기고 싶었으나 하늘은 끝내 허락하지 않았다. 아쉬움이 많았으나 호텔 내 온천에서 즐기기로 했다.

가이드는 미안했는지 우리 일행을 발이 푹푹 빠지는 눈 쌓인 넓은 공터에 내려놓았다. 공터에는 눈이 2미터가량 쌓여 있었다. "나 잡아봐라." 하며 사진 촬영도 하고 마음껏 눈싸움도 하라며 자유시간을 갖도록 했다. 모두는 곧 동심의 세계로 빠져들었다. 짓궂은 남자 친구들이 누구라 할 것 없이 한 명씩 끌어다가 눈 속에 내던지자 눈 속에 파묻혀 허우적거리는 모습이 얼마나 우스꽝스럽던지 모두가 배꼽이 빠지도록 웃었다.

그래, 이런 모습이 그리웠다. 그동안 빛바랬던 추억을 고스란히 잊고 살아왔다. 이제는 아픈 친구들 앞에서 건강한 친구가 괜스레 미안해지는 나이가 되고 보니 앞으로도 즐거운 시간이 언제 올는지 기약할 수가 없다.

살아가면서 꺼내볼 페이지가 이토록 아름답다면 조금은 불편하고 가끔은 흔들려도 좋다. 삶의 속도와 보폭을 맞추며 가는 친구들과의 아름다운 기억들이 다시 건강한 일상으로 돌아가도록 힘을 준다. 평생 잊지 못할 홋카이도의 추억이 남은 삶에 추운 날들을 따뜻하게 녹여줄 것이다. 친구들아! 오겡끼데스까~~.

성황당

몇 년 만에 온 가족과 중국 여행을 갔다.

수많은 신들을 신봉하고 있는 홍콩 웡타이신 사원과 심천에 있는 사원은 발길이 머무는 곳마다 향불 냄새와 메케한 연기로 자욱했다. 도심 한가운데 자리한 사원을 보니 신과 함께 살면 행운을 가져다줄 것이라는 믿음이 강해 보였다.

심천 민속촌에서는 흥미로운 전통문화를 볼 수 있었다. 24구역으로 나누어진 보도블록 길을 따라 걷다가 보니 길 옆 노거수에 연결된 새끼줄에 수백 개의 붉은 리본이 현란하게 매달려 있었다. 이곳이 '성황당'을 말해주는 것 같다. 큰 돌들을 쌓아올린 원추형 돌무더기 위에 주먹만 한 돌 하나를 집어 올려놓았다. 가족들과 함께하는 이 여행이 순조롭고 무탈하게 마치기를 염원했다. 세계 어디에나 있는 토속적인 종교는 어머니의 신앙을 내포하듯이 염원하는 마음도 모두가 비슷한 것 같다.

성황당 앞에 서니 평안도 천마령 산골에서 숯을 구워 먹고사는 순이 부부 이야기를 그린 정비석의 소설 『성황당』이 떠오른다. 성황당에서 매일 치성을 바치는 것만이 행복을 보장할 것이라고 믿는 순이. 백 고무신을 신어 보는 게 평생 소원이어서 남편인 현보가 숯을 팔러 갈 때마다 백 고무신을 사 오게 해달라고 성황당에 빌곤 했다. 그러나 그 행복도 잠시, 산림간수의 계략으로 현보가 징역살이를 하게 된다. 혼자 남은 순이는 수동적으로 칠성이에게 이끌려 그가 사 준 분홍 항라 적삼과 목메린스 치마를 입고 칠성이를 따라나선다. 그러나 순이는 현보를 못 잊어 뒤(변)를 본다며 숲속으로 들어가 치마저고리를 나뭇가지에 걸어놓고 집으로 돌아간다. 그녀가 "성황님! 성황님!"을 외며 집 앞에 다다랐을 때 방 안에서는 "에헴."하는 현보의 기침소리가 들려왔다. 이날 밤따라 접동새와 부엉새 소리는 순이 가슴을 파고들었다. '성황당'은 그녀에게 힘의 근원이자 흔들리지 않는 믿음을 주었던 것이다. 사춘기 소녀였던 나는 토속적인 소설에서 로컬리티가 전후한 분위기에 심취되었다. 지금도 마음속 본향은 도회 문명이나 이데올로기에 시달리기보다는 문명에 물들지 않은 순이와 같은 순박한 인간상을 꿈꿀 수 있는 곳일지도 모른다.

어릴 적, 마을 고갯마루에 서낭당이 있었다. 어머니는 그곳을 지날 때마다 동신의 신체인 양 보릿짚 삿갓 같은 돌무더기 위에 돌을 올려놓았다. 인생의 여정에서 부딪히는 무거운 짐을 손바닥만 한 돌멩이만큼씩만 매일 내려놓았던 어머니. 소원이 무엇인지도 모를 나이에 어머니를 따라 기도를 올렸던 건 주술적인 자연에 대한 믿음이 일시적인 위안을 주기 때문이었던 것 같다. 그러나 그 후 어머니는 독실한 기독교인으로 평생을 교회에 헌신하며 믿음 생활을 하시다가 세상을 떠나셨다. 지금도 가끔, 어머니를 따라 했던 그 모습이 어렴풋이 생각난다.

　이제는 '성황당'을 보기 힘들다. 자연에 대한 주술적인 믿음을 찾아가는 대신에 내 마음속의 성황을 이첩 석, 삼첩 석으로 신념의 돌을 차곡차곡 쌓아가며 살아간다. 이러한 신념의 마력은 시간과 공간을 초월하는 힘의 근원이 되어주고 있다. 시간의 직선적인 방향을 따라 전개되는 범속한 공간 속에서 공격적인 성격을 드러낼 때마다 마음속 제당에서 경계를 표하며 내려놓도록 했다. 기복신앙은 누구에게나 필요한 신앙이다. 자기 자신의 의지가 곧 기복신앙이 아닌가 한다. 중국을 여행하면서 중국인들의 삶의 궤적을 더듬어 가는 시간이 우리네와 비슷하다는 걸 느꼈다. 어느덧 자유시간이 다 된 모양이다. 가이드가 다음 장소인 소인국으로 가기 위해 깃발을 힘껏 흔들어댔다.

마카오 가는 길

고요한 바다, 그 속이 얼마나 다이나믹한지는 아무도 모른다. 선상에서 마카오로 가는 바다 위로 끝없이 놓이는 교량 공사에도 바다는 전혀 흔들림이 없었다. 가이드에 의하면 세계 최장 대교로 기네스북에 등재될 총연장 55km의 홍콩~주하이~마카오를 연결하는 '강주아오대교'가 약 8년간의 공사가 끝난 후 올해 말에 개통될 예정이란다. 지난 2009년 말 착공된 강주아오대교는 약 13조 원을 투자해 Y자 형태로 연결하게 된다. 교량 건설에 42만 톤의 강철을 사용했는데 이는 60개의 에펠탑을 만들 수 있는 양이라 한다. 대교가 개통되면 홍콩에서 마카오까지 불과 30분이면 갈 수 있다고 한다. 현재 3시간 30분이 소요되니 무려 3시간을 앞당기는 셈이다. 다시 올 수 있을는지 모르지만 다음엔 다리 위를 쌩쌩 달리고 싶다.

나는 지금, 한방의 대박으로 인생역전을 꿈꾸며 마카오로 가고 있다. 앞으로의 나의 운명이 '그뤠잇'이 될지 '스튜핏'이 될지 모르겠지만 한껏 부푼 마음을 안고 도박장에 도착했다. 일확천금을 기대하는 도박 마니아들이 수십 대의 블랙잭 테이블에 둘러앉아 도박에 흠뻑 빠져 있었다. 슬롯머신 앞에 앉았다. 그저 감으로 투입구에 돈을 넣고 버튼을 누르면 시작된다. 10불 지폐 한 장을 투입구에 넣고 버튼을 눌렀더니 기계가 돌아가기 시작하고 뭔가 결과물이 나온다. 20불 지폐 한 장이었다. '오, 이거 괜찮은데' 또다시 10불을 넣고 기계를 돌렸다. 이번에도 결과가 좋았다. 더 할까, 멈출까 잠시 머뭇거리는 사이, 같이 갔던 사람이 자신의 돈을 몽땅 넣고 기계를 돌린다. 결과는 5,000불 당첨이었다. 나의 망설임은 끝이 났다. 이 기계에 20불 지폐를 투입구에 넣었다. 그리고 시작 버튼을 눌렀다. 돌아가는 기계가 곧 멈출 것 같았는데 잠시 후 메인 그림 옆에 보너스 그림들이 맞춰지기 시작한다. 100배는 족히 넘는 지폐가 쏟아져 나오기 시작했다. 20불에 100배면 2,000불, 지폐가 수북이 쌓였다. 지폐를 가방에 대충 넣고 자리를 뜨려는 순간, "엄마, 도착했어요" 딸아이가 어깨를 흔들었다.

나는 잠에서 깼다. 선상에서의 짧은 낮잠이 내내 아쉽기만 했다. 마카오 호텔 카지노 규모는 실로 놀라웠다. 베네치아 호텔 천장에 조명을 설치하여 밤에도 낮처럼 느끼도록 한 것은 도박 마니아들을 위한 것이라고 했다. 카지노에 도착하여 호기롭게 꿈의 기를 받아 지폐를 넣었다. 그러나 현실은 냉정했다. 단 1불도 손에 쥐지 못했다. '욕심이 잉태한즉 죄를 낳고 죄가 장성한즉 사망을 낳는다' 욕심이 바로 죽음에 이르는 길의 입구라는 것이다.

짧은 기대였지만 현실에 만족 못하고 자족할 줄 몰랐던 나 자신이 부끄러웠다. 이렇게 가족과 함께하는 순간들이 얼마나 큰 축복이고 감사한가!

　세상을 살아가며 괴로워하고 근심, 걱정에 함몰되는 까닭은 탐욕을 버리지 못함 때문이다. 마음을 비워 욕심을 떨쳐내면 마음은 물 흐르듯이 평온한 법인 것을 알면서도 말이다.

　마카오에서 세수稅收의 70%에 달하는 세금을 납부하고 있는 '스탠리 호'를 부러워했다는 자체도 욕심이었다. 미움도 질투도 모두 욕심의 다른 이름이다. 욕심이 많으면 타인을 부러워하게 되고 부러움이 지나치면 질투가 되고 그러다 보면 마음이 편한 날이 없을 뿐 아니라 판단력도 흐려지게 마련이다. 단 한 번의 체험으로 끝이 났지만, 흔들림이 없는 바다처럼 앞으로 남은 일정은 훨씬 편안할 것 같다.

사그라다 파밀리아 성당

태양이 작열하는 스페인, 그 한복판에는 바르셀로나가 있고 그 정점에는 사그라다 파밀리아 성당이 서 있다. 하늘에는 축포를 쏜 듯 은회색 구름이 포연으로 뭉게뭉게 피어오르고 도시의 거리는 활기가 넘쳤다.

서서히 드러나는 성당을 보자 그 희열과 감동은 이루 말할 수가 없었다. 성당의 첫인상은 이글거리는 이베리아 태양 빛을 받고 자란 옥수수가 우뚝 서 있는 것처럼 보였다. 대서양의 기운과 스페인 사람들의 열정으로 몸집을 불리고 있는 성가족성당은 지중해를 밝히는 등대로써 바르셀로나의 아이콘임이 틀림없었다.

인간의 창의성의 끝을 보여주고 있는 가우디만의 형이상학적인 문양은 실로 경이로웠다. 성가족성당은 성경 한 권을 건물로 표현하고 있다. 파사드는 성당으로 들어가는 주 출입구를 뜻한다. 성당의 가장 큰 특징은 글을 모르는 사람도 파사드의 조각만 봐도 예수의 삶을 알 수 있도록 꾸며졌다는 것이다. 탄생-영광-수난 각 파사드마다 4개의 탑을 세우게 되는데 총

12개로 예수의 제자를 의미한다. 4기는 4복음서, 중앙의 가장 큰 탑은 예수를 상징하고 있다.

가우디는 예수 탄생의 '영광의 파사드'만 완성하고 나머지 '수난의 파사드'는 제자들의 몫이 되었다. 동쪽 파사드는 예수의 일생을 담고 있다. 1882년 젊은 가우디가 직접 설계하고 건물을 올린 곳이다. 첨탑 가운데에는 생명의 나무를 심었고 그곳에는 성령을 상징하는 비둘기가 날고 있다. 나무 아래 'JHS' 글씨는 '예수는 인류의 구원자'라는 의미이다. 탑신에는 'SANCTUS(거룩하도다)'라는 글귀를 볼 수 있다. 이런 모양의 첨탑은 카탈루냐의 성산인 몬세라트 수도원 뒷산을 모티브로 삼은 것이라 한다.

헤롯왕의 명령으로 3세 미만의 아기들이 발밑에서 죽어가는 파사드는 가우디가 병원에서 아기 시체를 본떠 왔다고 하니 그의 광기 어린 집념은 불멸의 성당을 탄생시키기에 충분했다.

16년 동안 가우디는 이곳에서 불꽃 같은 삶을 살다가 1926년 뜻밖의 사고로 사망한다. 그가 남긴 도면과 노트를 통해 전 세계 후예들이 그의 뜻을 받들어 나머지 공사를 이어가고 있었다.

'영광의 파사드'는 성당 정문이 될 장소이기도 하다. 이곳에는 모세와 십계, 노아의 방주 등의 이야기를 담는다. 청동 입구는 '주여 우리에게 일용할 양식을 주옵소서'라는 주기도문을 50개 언어로 새겨 놓았다. 물론 한글도 볼 수 있어서 반가웠다. 가우디가 죽고 그 뒤를 이은 조각가 수비라치는 선과 면을 이용한 추상적 기법을 사용했다. '수난의 파사드'는 십자가의 길로 예수의 고난과 역경을 표현하고 있다. 십자가에 매달린 예수, 너무나 잔혹한 장면에 마리아와 막달라 마리아가 얼굴을 들지 못하고 두 손으로 감싸고 있다. 십자가에 매달린 예수를 나체로 표현한 것은 파격 그 자체였다.

성당 내부에 들어서면 가장 놀라운 것은 빛의 향연이다. 천장과 창문에서 쏟아지는 자연광이 마음을 편안하게 해 준다. 가우디는 어린 시절 숲 사이로 새어 나오는 빛을 보고 감동을 받아 그 순간을 건축에 구현해 냈다. 천장 한가운데 금빛은 성령의 빛이 쏟아져 내리는 태양을 묘사했다. 이곳에서는 종교와 이념을 떠나 모든 사람들이 똑같은 감동을 일으켰다. 성당이 완공되면 건물 크기가 가로 150m, 세로 60m, 중앙돔 높이는 170m가 될 것이라고 한다. 입장료와 자발적인 헌금으로 진행되는 공사는 시작한 지 90년이 지났지만 망치 소리는 멈추지 않고 있다. 그가 지하에 누워 여전히 성당을 짓고 있다.

'자연에는 직선이 없다'는 괴테의 자연론에 영향을 받은 가우디는 파도치는 바다의 모습을 형상화 한 까사 바뜨요, 산의 모습을 표현한 까사밀라, 스머프가 사는 집처럼 아름다운 구엘 공원 등을 건축하여 도시 전체에서 그의 인생과 철학을 엿볼 수 있었다. 74년을 수도승 같은 삶을 살았던 그는 세상을 떠났지만 수많은 엔지니어들과 건축가들에게 예술적 영감을 주고 있다.

2015년 4월 8일, 죠셉 마리아 수비라치도 타계했다. 직선과 날카로운 조각들을 남긴 예리하고 투박한 조각가였다. 한계를 넘어서는 2대의 건축가로 하여금 스페인은 건축 그 자체였다.

건설업에 종사하면서 이번 여행은 건강과 시간, 열정으로 진한 감동을 마음 가득 주유한 날들이었다.

집시

스페인 하면 투우와 플라멩코가 떠오른다. 스페인 여행에서 아쉽게도 투우는 보지 못했지만 플라멩코를 볼 수 있어서 즐거웠다.

저녁 무렵, 플라멩코를 관람하기 위해 세비야의 소극장으로 입장했다. 어슴푸레한 불빛 아래 좌석을 가득 메운 관객들로 혼잡했다.

'상그리아' 한잔으로 목을 축이고 있는데 잠시 후 화려한 드레스에 짙은 화장을 한 무희들이 무대 위로 등장했다. 남자의 기타 연주와 혼을 부르는 기묘한 노래가 시작되자 무희가 허공을 쏘아보며 주름 장식이 달린 치맛자락을 모아 쥐고 현란한 발동작으로 점점 빠르게 스텝을 밟는다. 춤이 끊어졌다 힘차게 이어지고 나풀대는 물방울무늬의 스커트 자락이 파도처럼 출렁였다. 구두에 박힌 징 소리가 엇박자로 숨 가쁜 소리를 내자 내 심장도 함께 뛰었다. 애절한 노래가 유랑의 한을 달래며 응어리를 풀어내자 무희가 가장 고독한 얼굴로 가장 화려한 춤을 추었다. 이어 남자 무희가 현란한 발동작으로 스텝을 이어간다. 발이 안 보일 만큼 빠른 스텝으로 장발이 땀에 흥건하게 젖는다. 춤에 취한 관객들 모두가 '올레'하고 추임새를 넣자 춤은 더욱 격렬해진다. 젖은 머리카락이 얼굴을 가리고 있었지만 집시의 눈에서 빛이 쏟아져 내렸다. 야릇한 격정의 빛이다. 그 빛을 보니 낮에 알람브라 궁전으로 가는 길에 차창 밖으로 보았던 사크로몬테 동굴이 생각났다.

15세기 무렵, 동쪽에서 온 집시들이 안달루시아 지방에 정착하였지만 악마로 취급당했다. 어디를 가든지 외면당한 집시들이 생계로 방물장수를 하면서 춤과 노래를 부르기 시작한 것이 플라멩코라 한다. 이들은 마을의 벽에 회칠을 한 어두운 동굴 속에서 한이 서린 노래를 부르고, 불꽃 같은 춤을 추며 슬픔과 비통함을 승화시켰을 것이다. 고향을 등지고 편견과 차별 속에서 유랑하는 집시의 삶은 동굴처럼 고독하고 깊었다. 알람브라 궁전과 사크로 몬테의 극단적인 대조가 그들을 더욱 고독한 눈빛으로 만들었을 것이다.

결혼 후 뿌리를 두고 떠나온 미지의 세계는 론다의 누에보다리 만큼이나 절벽이었고 마음은 정착하지 못하고 떠다녔다. 큰시숙의 사업 실패로 온 집안은 풍비박산이 되어 형제들은 저마다 시린 설산에서 지난한 시간을 보내야만 했다. 절박한 심경으로 친정을 찾아갔다.

"출가 외인이다. 너희 스스로 해결하도록 하거라."

아버지의 얼음장 같은 음성에 울컥울컥 목울대까지 차오르는 섭섭함으로 고향의 뿌리를 자르고 애증으로 가득 찼다. 그라나다 대성당 근처에서 집시가 로즈마리 한 가닥을 주면서 손금을 봐 준다며 다가왔다. 가이드가 내 손을 잡아끌었다. 알고 보니 그녀들은 소매치기를 하기도 하고 손금을 봐 준 다음 20유로를 내놓으라고 한단다. 돈을 못 주겠다고 하면 상대방을 노려보면서 '말 데 오호mal de ojo'라고 저주를 건다.

"우주에는 영원한 주인은 없다. 모든 것은 다 신의 소유다. 우리가 물건을 가져가는 것은 도둑질이 아니라 신의 물건을 잠시 빌려 쓰는 것이다."

집시들의 억지 이야기는 영원히 뿌리를 내리고 싶은 아우성일지도 모른다. 스물일곱 해를 고향에서 살았고 서른한 해를 떠나와 살았다. 돌이켜 보면 아버지의 애증 어린 말 한마디가 새로운 가정에 뿌리를 내리는 데 가장 큰 밑거름이 되었다. 그렇지 않았더라면 현실을 이기지 못할 때마다 집시가 되어 친정집을 찾아가 방랑했을 것이다. 이제는 지나온 시간만큼 더 깊은 곳에서 흔들리지 않는 나무가 되었다. 이제 나도 춤을 추어야겠다. 붉은 한을 풀어내는 집시의 춤이 아닌 세상에서 가장 아름답고 우아한 탱고 춤을……

모자 여름 이야기

더위를 품어 안은 산천초목들이 푸른 숨을 쉬는 계절, 여름의 얼굴들이 붉은 모습으로 짙은 향기를 내뿜는다. 오랜만에 아들과 단둘이 여름 휴가지로 피서를 떠났다.

경북 예천에 들어서니 도시를 달구던 폭염이 고개를 숙인 듯 시원한 바람이 살갗을 스치며 지난다. 강바람에 머리가 맑아지고 마음도 밝아지는 느낌이다.

강줄기를 지나 얼마를 산속으로 들어가니 예약했던 '자연 휴양림'이 나타났다. 휴양림은 산등성 곳곳에 자리하고 있었다. 산새 소리가 유난히 많아서인지 '산새 소리방' 팻말이 붙은 방으로 안내되었다. 방금 청소를 끝낸 방안에 들어서니 코끝으로 스며드는 편백나무 향기가 여정의 피곤함을 씻어 주었다.

편안한 옷차림으로 산책로에 올랐다. 유속이 빠른 계곡물은 온산을 적시며 숲속에 운무를 뿌리고, 싱그러운 푸른 바람은 온갖 잡생각을 거두어

갔다. 숲속에 편백나무가 울창하게 들어서 있다. 하늘을 향해 솟아오른 나무들은 산바람을 타고 머리끝을 흐늘거리며 춤을 추고 있다. 울창한 숲과 상쾌한 계곡과 맞닿은 산속에서 식사를 하고 잠을 잘 수 있다는 것조차 풍경이었다. 내일은 하회마을에 다녀올 생각이다.

『징비록』의 류성룡에 대해 좀 더 알고 싶어졌다.

휴양림의 부지런한 햇살이 방문을 비추며, 잠든 숲을 깨우고 잠든 산새들을 깨운다. 간단히 아침 식사를 마치고 하회마을로 향했다. 하회마을에 도착하니 입구에 하회 장터가 형성되어 있었다. 민속촌에서나 볼 수 있었던 고풍스런 장터에서 안동 특산물인 간고등어 정식으로 이른 점심을 해결했다. 마을 입구에서 관광 안내도를 받아 들고 아들과 느린 걸음으로 고택들을 둘러보기 시작했다.

이 마을은 풍산 류씨가 600여 년간 대대로 살아온 동성마을이며 와가, 초가가 오랜 역사 속에서도 잘 보존되어 있다. 특히 조선 시대 대유학자인 류운룡 선생과 임진왜란 때 영의정을 지낸 류성룡 형제가 자라난 곳이다. 실로 오랜만에 고택과 초가집들을 보니 마음이 한결 소박하고 정겨워졌다.

안내도에 따라 첫 번째로 하동고택으로 발길을 옮겼다. 하동고택은 1836년 용궁현감을 지낸 류교목이 지었으며, 마을의 동쪽에 있어 '하동고택'이라고 부른다 한다. 'ㄷ' 모양의 안채와 사랑채가 이어져 'ㅁ' 모양을 하고 있었다. 떠오르는 아침 햇살의 기운을 모두 받아들일 것 같은 대청마루가 인상적이었다.

충효당은 서애 류성룡 선생의 종택으로, 평생을 청백하게 지낸 선생이 삼간초옥에서 별세한 후 그의 문하생과 지역 사람이 선생의 유덕을 추모하여 졸재 류원지를 도와 건립하였다 한다. 동쪽의 별채에는 선생의 업적과 생활이 고스란히 남아 있었다. 선생에 대한 충성심과 효심에 가슴이 뭉클해 왔다. 종택의 정기를 받고 싶은 마음에 앞 뜨락에 앉아 사진 한 컷을 담았다.

샛길을 따라 이어지는 양오당(주일재)는 부호군 류민하(1624~1711)가 충효당에서 분가하면서 지은 집으로 그의 아들 주일재 류후장이 증축하였으며 사랑채, 문간채, 안채, 일각문과 마주하고 사당이 있는 전형적인 전통가옥으로 내외담을 쌓음으로 남녀유별을 의식했다 한다.

남촌댁으로도 불리는 염행당은 루치목(1771~1836)이 분가하면서 지은 집이다. 소실되었지만 복원되었다 한다.

화경당(북촌댁)은 1797년 류사춘이 사랑채, 날개채, 대문채를 짓고 1862년에 그의 증손자 류도성이 안채, 큰사랑채, 사당을 지었다 한다. 집의 규모가 웅장하고 대갓집의 격식을 완벽하게 갖추어 사대부 가옥의 면모를 보여주고 있었다.

풍산 류씨의 대종택인 양진당은 풍산에 살던 류종혜공이 하회마을에 들어와 15세기경에 최초로 지은 집이다. 보물 제306호로 지정될 만큼 기품 있고 선비의 정신이 묻어난다.

특히 동네 중앙에 우뚝 선 삼신당 신목은 수령이 600여 년 된 느티나무로 마을의 정중앙에 위치하며 아기를 점지해 주고 출산과 성장을 돕는 신목이라 하며, 매년 정월 대보름에 이곳에서 마을의 평안을 비는 동제를 지낸다고 한다.

느티나무 옆에는 소원을 적어 나무에 매달도록 필기도구가 놓여 있다.

선뜻 한 장을 집어 들고 소원지에 가족의 건강을 위한 문헌을 써서 느티나무 가지에 달았다. 수만 장 한지의 소원지가 나무와 새끼줄에 매달린 것이 속치마를 입은 듯 장관을 이루고 있었다.

걷고 또 걸어도 고택과 정사가 쉼 없이 이어진다.

병산서원은 서애 류성룡 선생이 1572년 풍산읍에 있던 풍악서당을 이곳으로 옮겨온 것이 병산서원의 처음 모습이며, 1863년(철종14)에 병산屛山이라는 사액을 받았다 한다. 1868년 홍선대원군의 서원철폐령에도 헐리지 않고 그대로 살아남은 47개 서원과 사당 중의 하나로 웅장하면서도 도도하게 흐르는 학자의 기품을 느끼게 한다.

어느덧 마을 전부를 샅샅이 돌아보고는 나루터로 향했다. 조상의 얼을 간직하며 유유히 흐르는 강물이 마을의 수호수이며 젖줄이었다. 이곳 마을 이름인 하회河回는 낙동강이 'S'자 모양으로 마을을 감싸 안고 흐르는 데서 유래되었다고 한다.

나루터 너머로 우뚝 선 부용대는 깎아지른 기암절벽과 흐르는 강물이 한 폭의 그림을 이루고 있으며 신비감을 자아냈다. 이곳은 2010년 7월 브라질 브라질리아에서 개최된 제34차 세계유산위원회에서 우리나라의 열 번째 세계유산으로 등재되었다 한다.

여러 곳의 고택과 정사를 둘러보고 나오니 시원한 강바람이 피로를 씻어준다. 아직까지도 전승되어 오고 있는 '하회별신굿탈놀이', '선유줄불놀이'와 며칠 뒤에 열릴 〈부용지애〉 뮤지컬을 보지 못하는 아쉬움을 뒤로 하고 마을을 빠져나왔다.

세대를 넘고 세월이 흘렀어도 여전히 자릴 지키고 있는 이 터전이 그 어떤 보물보다도 귀하게 여겨지는 것은 이 땅을 지키며 살아가는 후손들이 있기 때문이 아닐까 한다. 발걸음은 무거웠지만 마음은 풍족한 하루였다.

같은 추억과 같은 풍경을 품고 사는 아들과 초록의 여름 이야기 속 주인공이 되는 하루였다. 사춘기마저 물 흐르듯 자연스럽게 보낸 아들, 지금은 엄마의 기둥이 되고 수만 평의 그늘이 되어주고 있다. 아들과 함께 가는 길 위에 서로의 길을 들여다보며 산책하듯 세월 위를 걷고 싶다.

새는 늪에 빠지지 않는다

여고 시절, 하교 시간을 알리는 〈엘 콘도르 파사〉 음악이 교정에 울려 퍼지면 갈래머리를 나풀거리며 수업을 마친 학생들은 철새 떼가 무리를 지어 떠나듯 교정을 떠났다. 순수함이 가득한 그 해맑았던 시절을 지금도 떠올리면 나도 모르게 마음 깊은 곳에서 미소가 떠오른다.

깊어가는 가을날, 수십 년 만에 다시 만난 여고 친구들과 달뜬 마음으로 그 시절 음악 속의 철새를 찾아 향했다. 달리는 차창 밖으로 지나치는 가을 산은 극락조 떼의 군무였고, 다가오는 산등성은 비상하는 기러기 떼였다.

창녕 우포늪의 초입에 들어서니 습지로부터 스물스물 퍼져 나오는 냄새가 코끝을 자극했다. 금방이라도 깊은 수렁에서 우렁이가 기어 올라올 것 같은 평화와 안락함 같은 향수 냄새. 눈앞에 펼쳐진 늪은 자연의 소리로 광활했다. 70만 평에 이르는 국내 최대 습지에도 깊은 가을이 소리 없이 내려앉았다. 마치 물을 먹는 소와 같다고 해서 이름 붙여진 우포늪과 목포늪 사이에 소목산이 자리 잡고 있다. 산자락 아래에는 논병아리, 백로, 왜 가리, 고니 등의 조류를 비롯하여 습지식물인 가시연꽃, 창포, 마름 등 삼백여 종의 동·식물이 서식하는 자연생태계의 보고라니 명소가 될 만한 가치가 충분했다.

서정적이면서도 고요한 늪에서는 청둥오리 떼들이 몸을 키우느라 벌흙 속에서 먹잇감을 찾고, 기러기들은 발자국을 부지런히 남긴다. 어릴 적 시골집에는 추녀마다 제비집이 매달려 있었다. 새끼 제비를 위해 언제나 분주하게 날던 어미는 새끼 입에 끊임없이 먹잇감을 넣어주었다. 한 번도 둥지에 들지 않고 비가 오면 비를 맞고 바람이 불면 온몸으로 바람을 막아내며 새끼를 키워냈다. 그러고 보니 우리 어머니도 늘 자식들에게 먹이를 주기 위해 늘 부엌과 들녘에서 분주하셨고 낮 동안은 방안에 여간해서는 들지 않으셨다.

늪 가장자리에 은빛 털을 가진 큰고니 한 마리가 외발로 곧추선 자세로부터 생명의 기운을 전해 받는다. 언제보아도 기품이 묻어나는 고귀한 모습이다. 떠나온 북녘 시베리아를 향한 그리움이 사무치는 것일까. "곤곤곤" 숨비소리가 가슴에서 낮게 들려온다. 다시 고니의 "끼홋끼홋" 외침이 울려온다. 짝짓기할 시기도 아닌데 그 소리가 왠지 가슴을 곤하게 올린다.

울음소리. 한때 나도 저 새처럼 소리를 질러보고 싶었다. 격정에 몸부림칠 때, 억울함은 분노로 대들고 싶었고 뜻밖의 이별에 대해서는 세상을 향해 통곡을 하고 싶었다. 그러나 울음도 용기가 있어야 하나 보다. 그저 하염없이 속울음만 삼키며 살아냈다.

갈대숲 사이로 새들을 바라보며 늪 둑을 따라 천천히 걷는다. 겨울이 아직 오지 않아 겨울 철새들의 장관을 보지 못해 아쉬움이 있었으나 가을의 정취를 만끽할 수 있었다. 윤기 나는 갈대 잎은 가을바람으로 몸을 비비고 작은 물떼새들은 종종거리며 자맥질하고 있다.

햇살이 점점 서녁으로 기울 무렵 적막을 깨고 청둥오리 떼가 "끼룩끼룩" 날갯짓하며 하늘로 비행한다. 〈엘 콘도르 파사〉를 나지막하게 불러본다. 하늘을 훨훨 나는 저 새가 되고 싶은 사람들은 고대로부터 지금까지 누구나 꿈을 꾸며 살아가고 있다. 마추픽추를 떠날 수밖에 없었던 고대 잉카인들도 그랬고, 오늘날 시리아인들도 생명과 안전을 찾아 날아가길 소망하고 있을 것이다. 그들에게 날개가 있다면 난민으로 표류하지 않고 고통 없는 새로운 자연 찾아 행복도 찾았을 것이다.

늪은 매년 침묵으로 철새들을 기다린다. 그러나 나는 기다림에 약했다. 나태함의 늪, 자만의 늪, 이기심의 늪에 빠져 스스로 갑갑해 했었다. 새는 늪에 빠지지 않는다. 인간은 알면서도 늪에 빠져 사는 경우가 종종 있다. 〈심우도〉의 수행자가 인간 본성을 찾아가듯 깨달음을 얻고서야 조금 알게 된다.

멀리 소목산 기슭으로 일몰이 시작되고 있다. 영화 속 한 장면 같은 비경이 연출되고 있다. 가슴이 뭉클해져 온다. 낮 동안 분주했던 우포늪이 서서히 문을 닫는다.

연꽃길 따라

모네의 그림을 보고 있노라면 주술에 홀린 것처럼 빠져나오기가 쉽지 않다. 특히 〈수련〉 연작이 그렇다. 안개나 반사된 빛을 추상적으로 표현한 색감이나, 모네만의 두터운 붓 터치는 황홀경에 빠지기에 충분하다. 백내장으로 노란색과 붉은색만 볼 수 있었던 왼쪽 눈과 수정체가 없었던 오른쪽 눈으로 보라색만 볼 수 있었던 클로드 모네. 이맘때가 되면 그의 그림은 내 기억 속에 남아 물의 정원을 그리워하며 신열을 앓는다.

그 빛과 색감을 찾아 부여 궁남지로 향했다. 7월의 연못에는 곳곳마다 홍련, 백련이 황홀한 자태로 화양연화를 이루고 있어 기억을 이끌어 내기에 충분했다. 걸음걸음마다 스쳐 가는 기분 좋은 바람, 무엇보다도 이 즐거움을 함께 나눌 수 있는 사람. 아, 언제나 그랬듯 행복이란 참으로 작은 것들 속에 깃들여져 있다.

순간의 빛과 그늘, 습지와 수양버들, 내 마음의 뜨락까지 충만하게 들어온 드넓은 연못은 정지된 듯한 고요 속에서 꽃을 피워내느라 분주했다.

중국 사상가 주돈이는 「애련설愛蓮說」에서 "연꽃은 진흙에서 피어나지만 더러움에 물들지 않고, 맑고 잔잔한 물결에 씻어도 요염해지지 않네. 그 향기는 멀리 퍼져도 오히려 더욱 맑으며 고고하고 꼿꼿하여 멀리서 볼 수는 있으되 함부로 가지고 놀 수 없어라."라며 연꽃을 화중군자花中君子라 예찬했다. 연꽃은 충과 절개를 지키는 선비다운 태도로 꽃 가운데 군자라는 호칭을 얻었으며 '세상의 오염을 탓하지 말고 그 속에서 아름답고 순결한 꽃을 피운다'는 의미도 담고 있다.

　서동과 선화공주의 로맨스를 기대하며 '포룡정' 정자 다리를 건넌다. 그들의 은밀한 밀회를 탐하기라도 한 듯 꽃대를 쫑긋 세운 연꽃들이 사랑스럽다. 한 걸음 물러서서 보아도, 가까이 들여다보아도 아름다운 이 무릉도원을 렌즈 안에 새겨 넣느라 사진작가들이 바쁘게 움직인다. 푸른 하늘 아래 공명하는 분홍빛 순정과 하얀 순결미는 연꽃만이 간직한 은총이다. 무성한 가시로 무장한 보랏빛 맵시로 연못 속에서도 젖지 않은 가시연꽃, 꽃자리마다 영근 연밥들, 화각 안에 잡히는 것마다 그림이고 예술이었다.

　갑자기 비가 내리기 시작했다. 후두둑후두둑 비를 맞은 연잎에서 빗방울이 빙그르르 돌면서 춤을 춘다. 수양버들은 가지를 숙이고 연꽃들이 빗방울에 얼굴을 씻는다. 빗물마저도 버리기에 더욱 깨끗한 연잎들의 아름다움은 내가 상상했던 것 밖에 있었다.

　삶이 많이 흔들리고 있었을 때 지인에게 연꽃 사진을 선물로 받은 적 있다. 그는 내게 연꽃은 꽃과 열매가 동시에 맺는 화과동시花果同詩 식물이라 했다. 꽃은 원인이고 열매는 결과라며, 나의 과거가 원인이 되어 나의 현재가 되고 나의 미래는 현재의 나의 행위에 의해 결정된다 했다. 내 삶의 모든 결과가 내게로 오듯 원인은 모두 나에게 있음을 깨달으라는 뜻이었다. 일이 뜻대로 되지 않을 때마다 상대방을 탓하고 하늘을 원망하며 마음의 가시를 세웠던 날, 지인의 지혜로운 선물 덕분에 가시밭길에서도 꽃을 피울 수 있었다.

마음이 허하거나 복잡할 때 짙은 물음표 하나를 물고 이곳을 찾을 때면 언제나 현답을 주는 궁남지는 연꽃 꽃말처럼 '그대에게 소중한 행운'을 안겨주는 자비의 연못이다. 이곳에서 하루는 동화처럼 흘러가고 추억은 구름처럼 흘러간다.

작은 씨알 하나가 성장하고 꽃을 맺기까지 때가 오기를 재촉하지 않아도 스르륵 문을 열어 꽃을 피우는 연꽃처럼 이제 서서히 중년의 고개를 넘어서고 있다. 인간과 자연 사이의 오래된 숨바꼭질 놀이에서 나는 언제나 술래를 자처하며 자연 속에서 많은 의미를 찾아내어 지혜를 터득한다.

오늘도 단 하나의 빛나는 길을 걸었다. 행복하고 풍요로움을 안고 오는 돌아오는 길이 내일이면 꿈으로 남을 것이다.

영일만 스케치

　　떠남과 설렘이 동의어가 되는 여행. 어려서부터 한동네에서 지내온 친구 둘과 함께 경북 포항으로 2박 3일 여행을 떠났다. 인생의 험준한 길을 꿋꿋이 걸어온 꿈 많은 소녀들은 어느덧 이순을 코앞에 두고 있다. 서울과 지방에 살고 있지만 늘 곁에 있는 것 같고, 목소리만 듣고도 마음을 읽어주는 친구들이다. 삼총사가 같은 옷, 같은 스카프로 멋진 추억을 남기자며 준비해온 친구의 넉넉한 마음은 시간의 흐름이 느껴지지 않을 만큼 그대로였다.

　　밤에 도착한 영일만 일대는 누각을 밝히는 화려한 조명으로 옷을 갈아입고 포스코의 스카이라인과 멋지게 어우러져 그저 황홀하기만 했다. 해안 길을 따라 설치된 버스킹 무대에는 오색 조명이 비추고 바다를 조망하며 공연을 즐길 수 있어 더욱 분위기가 좋았다. 노래에 대한 답례로 슬그머니 모금함에 돈을 넣는 친구에게서 여유와 향기를 느낀다. 자연과 무대가 어우러진 밤바다의 낭만은 힐링하기에 부족함이 없었다. 신성한 바닷가에서 그리움을 함께 나누는 이 시간은 다시 찾아올 수 없을 것만 같았다. 선물 같은 첫날밤은 짧기만 했다.

　다음 날 아침은 커피로 잠을 깨우고 숙소 주변 호미반도 해안 둘레길을 걸었다. 임곡마을의 테마파크에는 연오랑 세오녀의 전설적인 이야기를 벽화로 그려 놓아 더욱 정겨웠다. 우리는 세오녀의 비단은 못 짜더라도 충청도 뚝심의 무명 같은 질박한 우정을 다듬질하며 살자고 결의했다. 신라 마을에는 초가집들이 토속적인 순박함을 더했다. 자세히 보니 짚이 아닌 기능성 끈을 엮어서 해풍에도 끄떡없게 지붕과 담을 치장해 놓았다.

　오후에는 2,500개의 점포로 이루어진 죽도시장을 둘러보고 고래 고기를 맛보려 했으나 날씨가 더워 물회로 점심 식사를 했다. 포항 물회는 원래 고추장에 비벼 먹지만, 요즈음은 관광객을 상대로 새콤달콤한 육수를 개발하여 소면과 밥을 말아 먹을 수 있었다. 식사 후 우리는 유람선에 올랐다. 배가 운항을 하자 관광객을 상대로 외국인 공연단이 공연을 했다. 대부분의 사람들은 춤과 노래로 스트레스를 풀어야만 된다는 듯이 영일만 해상 관광은 뒷전이고 한껏 고조된 선상 클럽 분위기에 빠져들었다. 우리는 배에서 내려 한반도 지도 위 호랑이 꼬리 부분에 해당하는 호미곶으로 향했다. 펜션을 찾아가 보니 시설이 노후되어 불편했지만 해맞이를 기대하며 이틀째 되는 밤을 보냈다. 퍼내도 퍼내도 마르지 않는 샘물처럼 결혼 후 지난 30여 년의 삶으로 눈물짓다가 그래도 우리는 행복하다며 웃음 지었다.

　아침 일찍 해가 뜰 것에 대비하여 조금 일찍 호미곶으로 향했다. 다행히 날씨도 맑았다. 새벽이라서 기온이 조금 찼지만 오랜만에 보는 바다는 싱그러웠다. 애국가 영상으로만 보았던 그 손, '상생의 손'이 육지에는 왼손이, 바다에는 오른손이 조형되어 있었다. 화해와 상쇄의 기념 정신을 담고 있는 그 손바닥처럼 우리야말로 상생의 길을 함께 걸어가고 있다. 드디어 해가 뜨기 시작했다. 한반도에 가장 먼저 빨갛게 올라오고 있었다. 모든 사람들이 일제히 카메라 셔터를 눌러댔다. 신비와 경이로움에 가슴이 벅차올랐다. 잠재되어 있던 촉각이 되살아났다. 이 순간은 사랑의 빛, 감사의 빛, 희망의 빛이 삼위일체가 되어 삶의 중심이 되어 주었다.

우리는 퇴직 후 노후의 삶을 함께 보내자며 떠오르는 해를 보며 약속했다. 쓰고 온 모자가 예쁘다 하면 기꺼이 벗어주고, 뽕 고데기가 좋다 하면 아낌없이 주고 가는 친구들과의 이 순간을 꽉 잡아두고 싶다.

천년의 숲길에서

아침 일찍 눈을 뜨니 잔뜩 찌푸린 하늘에 비가 내리고 있다. 그러나 한 달 전부터 길 여행을 떠나기로 계획했던지라 등산복 차림으로 길을 나섰다. 걱정 반 기대 반으로 관광차가 대기하고 있는 곳으로 향했다. 다행히도 찌푸렸던 하늘은 점점 구름을 걷어내고 맑은 아침을 선물했다.

목적지는 오대산 월정사로 관광버스 안에는 벌써 많은 사람들이 자리하고 있었다. 문우와 함께 관광차 맨 끝 좌석에 자리를 잡고 앉았다. 아침 식사로 김밥과 콩떡을 먹으며 가벼운 설렘으로 강원도로 향했다. 자주 여행을 떠나지 못하는 현실이다 보니 오늘은 커다란 행운을 얻었다는 기분이 들었다. 각자 여러 곳에서 모인 일행이지만 오늘 산행의 목표가 동일하기 때문인지 모두가 환한 얼굴로 들떠 있었다.

누군가 여행에 있어서 가장 어리석은 3가지는 첫째가 잠을 자는 것, 둘째가 책을 보는 것, 셋째는 잡담을 하는 것이라 했다. 잠을 자면 창밖의 자연을 보지 못하기 때문이며, 책은 사색을 방해하기 때문이며, 잡담은 진정한 휴식을 하지 못하기 때문이란다. 그의 말에 분명히 공감을 하면서도 여자들의 수다는 여행을 하면서 더욱더 삼매경에 빠진다. 때로는 수다를 떨면서 답답했던 마음이 해소되기도 하고 꼭 필요한 정보를 나누다 보면 삶의 지혜도 얻게 되니 누구에게나 맞는 말은 아닌 듯싶었다. 그래도 오늘은 관광차 안에 시끄러운 음악과 노래와 춤이 없어 다행이었다.

관광차가 강원도에 들어서자 창밖으로 끝없이 이어지는 다랑이 밭에는 하얀 감자 꽃이 밭고랑을 가득 메웠다. 이제 막 꽃을 피우기 시작한 감자가 아직은 씨알이 작은 채로 땅속 농밀한 흙 내음을 맡으며 점점 동글게 자라고 있을 것이다. 밭 가운데를 활주하며 날아다니는 뻐꾸기 노랫소리의 리듬을 타며 감자 꽃들이 여기저기 사방으로 꽃망울을 퍼뜨리기에 분주하다. 오랜만의 산촌의 전경으로 하여금 산속의 서정을 폐부 깊숙이 느끼게 했다.

오전 중에 오대산 입구에 도착하니 때 묻지 않은 여름 산이 그대로 속살을 드러낸다. 고요하고 수려한 산기슭에 자리한 월정사 앞에 서니 오감을 자극하는 물소리, 바람 소리, 새소리로 첫사랑을 만난 듯 가슴이 두근거리기까지 했다. 만월산의 정기가 모두 이곳에 모여 있는 듯 20여 개의 전각들로 하여금 장엄하고 엄숙함에 전율이 흐른다.

천천히 경내를 돌아보며 이곳의 깊은 역사를 그려본다. 신라 선덕여왕 때 중국 오대산에서 문수보살을 만나러 온 자장율사가 지금의 오대산에 초막을 짓고 수행을 한 것이 시초라고 한다. 6·25 한국전쟁 당시 적군의 은신처로 이용되는 바람에 사찰은 대부분 소실되었지만 팔각9층 석탑은 연꽃무늬로 만들어져 조형미를 갖추었고, 금동장식으로 상륜부가 아름답게 조화를 이루었다. 우아함과 완벽함으로 고려 시대의 가장 대표적인 석탑으로 오늘날까지 꿋꿋이 월정사를 지키고 있었다.

월정사 경내를 벗어나 전나무 숲길에 들어섰다. 전나무 숲길은 100년을 넘는 세월 동안 월정사를 지켜낸 까닭에 '천년의 숲'이라 부른다. 아득하게 솟구치는 전나무가 하늘과 맞닿은 것 같다. 일주문과 천왕문 사이의 전나무숲을 걸으니 숲길 옆으로 흐르는 개천에서부터 들려오는 물소리가 경건한 마음과 함께 편안함을 가져다주었다. 고즈넉한 아름다움과 황토 길로 이어지는 맨발의 촉감이 발바닥에서 머리로 이어져 온몸이 힐링되는 것을 더욱 실감했다. 피톤치드의 상쾌한 냄새가 도시의 오염으로 가득한 몸과 마음을 씻어내는 느낌이다. 잠시나마 이곳을 순례했던 김시습, 함우, 허목과 같은 문인들의 발자취를 느끼며 불교의 성지를 경건한 마음으로 걷는다. 전나무 한 그루 한 그루가 절절한 전설을 하나씩 품고 서 있는 자태가 세월조차 무상함을 보여준다. 시간이 멈춘 듯한 풍경 안에 여기까지 따라온 근심을 슬쩍 내려놓고 간다.

오대산은 32개의 산봉우리와 31개의 계곡, 12개의 폭포를 품고 있다 한다. 그중 우리는 상원사로 향했다.

초록빛 여름 산에 그리 높지 않은 작은 계곡을 따라 느릿한 여정의 걸음으로 발길이 닿는 곳마다 쉼표가 찍힌다. 삶의 여백을 채우며 낮은 계곡을 따라 좁은 등산로를 따라 오르다 보니 끝없이 이어지는 계곡이 명경지수이다. 푸른 숨을 내쉬고 있는 물과 나무와 숲이 고단한 여정을 말끔히 씻어준다. 길섶의 수풀과 산을 닮은 들꽃들이 마음을 끈다. 여름의 뙤약볕을 빈틈없이 막아주는 고요한 여름 숲속으로 걷다 보니 비밀 통로를 발견한 듯 호기심이 생겨난다. 좁고 낮은 등산로를 따라 몸도 마음도 성스러운 기운을 느낀다. 맑고 깨끗한 물줄기가 때를 벗겨주고 새로운 정기를 가져다줄 것이라 믿는다.

순수하고 평화로운 자연에 기대어 얼마를 걷다 보니 이것도 사치인 양 잠시 현실로 자꾸만 돌아가려 한다. 매일매일 물결처럼 일렁이는 마음 한가운데는 어머니라는 이름이 자리하고 있기에 그 삶을 지켜내야만 하는 현실. 삶이 그렇듯이 놓고 싶어도 놓아지는 것이 아니며 붙잡고 매달려도 달아나는 것이 아니던가! 그러나 지금은 이렇게 분주하게만 살아온 어리석음을 지혜롭게 품어주는 이 깊고 너른 산의 품에 힘껏 안기고 있다.

한 발 한 발 남은 길을 줄이고 여정을 만끽하고 있다는 것조차 미안해지는 변덕스러운 마음을 접은 채로 다시 앞서는 여행객을 따라간다.

누가 깊은 산속에다 병풍을 쳐 놓았을까, 어디든 눈길을 돌려보아도 온통 파라다이스한 절경을 만난다. 저 너머 산이 눈높이에 와 있다가 다시 멀어진다. 정신력도 체력도 모자람이 없이 계속되는 산행이 그저 행복하기만 하다. 함께이기에 보이고 들리는 것이 즐겁고 아름답다. 육체가 무거워질수록 마음속은 편안함을 느낀다. 발이 아닌 마음으로 걸으며 나약함이 버려지는 이 순간을 나는 그대로 이어가며 살고 싶다.

돌아오는 버스 안은 조용했다. 고단한 여정이 모두를 잠에 빠지게 했다. 떠나올 땐 각자가 여러 곳이지만 원하는 것은 단 하나, 그것은 마음속에 그리는 정상일 것이다. 그 정상의 모습은 각자 다르겠지만 이렇게 어우러지며 함께 도착하는 것이 아닌가 싶다.

4

난간에 서서

영화 〈벤허〉에서 신임 총독 취임식 날, 장쾌하고 화려한 행진을 3층 옥상에서 구경하던 주인공 누이의 발밑에서 기와 한 장이 떨어져 나가 공교롭게도 신임 총독의 머리에 맞았다. 이 뜻하지 않은 사건으로 벤허 일가는 반역죄로 몰려 모친과 누이는 로마군에 끌려가고 벤허는 노예가 되어 양발이 쇠사슬로 묶인 채 노예선의 노를 젓는 신분으로 전락한다.

20층 아파트 베란다 난관에 올라서자 발밑으로 무언가 아래로 떨어질 것 같은 불안감에 한참을 가까이 다가가지 못했다. 허술한 마음을 다잡고 튼튼한 난관에 기대어 한 걸음 다가갔다. 난간 너머로 손바닥을 조심스럽게 내밀었다. 손가락 사이로 보이지 않는 선형적 공기의 흐름이 빠져나간다. 잠시 후 비행기가 굉음을 내며 지나갔다. 기체가 그린 길고 하얀 줄 끝에 내 몸 일부가 끌려간 것처럼 철렁였다. 저 멀리 맞은편 고층 아파트 베란다 풍경이 눈에 들어온다. 빨래를 너는 집, 블라인드로 가린 집, 담요를 탈탈 터는 집. 우리의 얼굴이 모두 다르듯, 베란다도 표정이 제각각이다. 고개

넘어 고향의 산도 보인다. 목가적이었던 전원풍경도 그저 내 몸 밖의 허공에 불과하다. 상체를 기울여 20층 아래를 내려다본다. 둥글게 다듬어진 조경수가 축소되어 시야에 들어온다.

지나가는 사람들이 모두가 작은 오리 새끼처럼 뒤뚱거린다. 자동차는 장난감처럼 도로를 따라 이동하고, 공격적이던 오토바이도 여기서 보면 위협적이지 않다. 다가서면 늘 내 편처럼 여겨지던 단지 안 조경수들을 여기서 내려다보니 달력 속 사진처럼 인위적이다. 도시의 모든 것들이 동상이 되어 무표정한 모습으로 나를 올려다보고 있다. 온갖 종류의 상점들과 건물들, 각색 군상의 사람들과도 아무 교감도 느껴지지 않았다. 혼잡한 세상으로부터 멀찍이 떨어져 있는 이 공간은 무수한 감각을 멈추게 했다.

노후를 보내야 할 곳을 대비하여 이 작은 아파트를 구입했다. 준공한 후 처음으로 세입자를 세들이기 위해 들른 곳, 지금까지 저층에서만 살았던 나는 "아파트는 높을수록 로열층이야."라는 친구의 말을 믿고 덜컥 계약을 하고 말았다. 내가 이토록 빠르게 초로初老의 길로 들어설 줄은 미처 몰랐다. 절벽 같은 아파트 단지에 적응이 되지 않는 건 순전히 마음가짐 때문이란 걸 알면서도 답답한 골짜기에 갇힌 기분이다.

수십 년 전에 산행을 하면서 깊은 협곡 사이에 난간으로만 이어놓은 출렁다리를 건너게 되었다. 그때는 심장이 젊고 활기차 있었기에 아찔한 난간만큼 내려다보는 경치는 스릴 있고 짜릿했다. 날렵한 몸은 오로지 난간을 믿고 건널 수 있었다. 험준한 절벽 사이에 난간이 아니었더라면 기억에 이렇게 오래 남아 있지 않았을 것이다. 시간이 지나자 어느새 난간에 몸을 맡기고 절벽 같은 아래를 의심 없이 내려다보고 있다. 이 높은 곳에 난간을 설치한 사람에게 고마움이 전해왔다.

부모님은 세상 물정 모르고 덤벙대던 내 인생길의 난간이었다. 온몸으로 난간이 되어 정작 난간도 없는 허공에서 두려움을 이겨냈을 부모님. 세상에 겁 없이 다가설 수 있게 했고, 때로는 두려움과 외로움에 움츠린 몸과 마음을 기댈 수 있게 애써주셨다. 무언가에 기댈 수 있는 사람은 행복하다. 지금, 내 딸도 예술대학을 졸업하고 기氣 하나 믿고 붙잡을 난간 없는 계단을 오르고 있는 중이다. 스스로 가냘픈 난간을 하나씩 하나씩 꽂으며 올라서는 모습을 보며 부모로서 그 믿음을 받쳐 주는 난간이 되어야 함을 알고 있다. 마천루 정상을 향한 발돋움이 결코 허공을 밟는 일이 안 되길 바라며 마음 놓고 다가설 수 있도록 오늘도 믿음의 난간을 세운다.

지금 이 순간에도 난간 없는 난달欄達에서 갈팡질팡 중심 잃고 흔들리는 젊은이들이 얼마나 많은가. 날개를 가진 것들에게는 난간이 필요 없듯 그들이 하루속히 날개를 다는 그날이 오기를 염원해 본다. 봄볕이 아파트의 유리창에 눈부시게 반사된다. 입주가 시작되는 이 아파트에서는 입주자들의 삶의 향기가 난간을 타고 아래로 아래로 퍼져 내려갈 것이다.

녹차밭에서

　　곡우穀雨의 단비가 대지를 촉촉하게 적신다. 직원들과 함께한
중국 여행길, 상해에서 항주로 이동하는 차창 밖으로 비치는 녹차밭의 푸
른 초원이 끝없이 이어졌다. 삼지창으로 혀를 내민 찻잎들은 가볍게 불어
오는 바람에 샤워를 한다. 굽이굽이 구릉을 따라 물결치는 고랑마다 찻잎
을 따는 아낙들이 흰 물떼새처럼 내려앉아 있었다.

　　녹차를 보면 그때가 생각나 살며시 미소가 피어오르곤 한다. 이십대 중
반이었다. 친구의 권유로 신부수업을 받기 위해 '규수원'에 입소하였다. 한
복을 곱게 차려입고 조심스럽게 무릎 꿇고 앉아 두 손으로 찻잔 받쳐 들
고 마시는 '다도茶道'를 배우며 언젠가는 백마 탄 왕자가 나타나 청혼해 올
것을 꿈꾸었다. 행복한 가정을 위해서는 솜씨, 맵시, 마음씨, 말씨가 있어
야 한다는 원장은 신부수업에 관한 전집을 권유했다. 12권이나 되는 전집
을 구입하면서 일 년 동안 할부금을 내야만 했다. 매일 밤 전집을 들여다
보며 결혼생활에 대한 호기심과 신비로움에 마음은 달떴다. 신랑감도 없

이 미래를 꿈꾸며 '규수원'에서 신부수업을 받았다는 것이 귀여운 도전이었지 싶다. 그 시절, 여자는 오로지 현모양처로 살아가는 것이 가장 행복한 삶이라고 믿었었다.

다행히 그로부터 얼마 후 나는 인연을 만났지만, 친구는 아직도 인연을 만나지 못하고 녹차밭이 가까운 청도에서 다기와 다양한 생활자기를 만들며 차※와 인연을 맺고 살아간다. 친구는 몇 년에 한두 번씩 인사동과 문화센터를 통해 다기와 도자기 전시회를 열며 나름대로 자신의 세계에 자부심과 긍지를 갖고 살아가고 있다. 찻잔 하나에 혼을 불어넣고 차의 마음을 잔에 담는 모습은 천상 여자였다. 아담한 체구에 개량 한복을 즐겨 입는 친구는 손님을 맞이할 때면 상대가 어떤 향이 나는 차를 마시고 싶어 하는지, 어떤 찻잔을 좋아하는지 감각적인 면에서도 정성을 다한다. 남을 섬기는 그녀를 볼 적마다 그녀의 행동은 닮을 수 있었지만 분위기만큼은 닮지 못했다.

이맘때 녹차밭에는 나의 이십대 청춘이 머물러 있는 것 같다. 언제나 시원하고 늘 푸른 초원이었다. 나는 에버그린을 달리는 조랑말이었다. 거침없이 달리고 두려움 없이 스스로를 대견해 했었다. 그러나 결혼 이후 나는 거친 광야로 내몰리게 되었다.

거침없이 달려나간 광야에서 만난 이별, 질병, 위기 등 수많은 변화가 나의 에버그린을 네버그린으로 바꿔놓았다. '규수원'에서 배워왔던 이론과 실기와는 무관하게도 끝도 없는 산등성을 지나고 메마르고 뜨거운 모래바람이 부는 사막을 지나야만 했다. 지난한 시간이 지나 지금에서 돌이켜 보면 내가 지나온 거친 광야에서의 삶은 철저한 훈련이고 사랑의 채찍질이었다. 광야의 삶을 통해 나를 낮추고 남을 배려하는 마음과 따뜻한 인성을 배웠고 어리석은 눈을 가리어 마음으로 보고 마음으로 듣는 지혜가 생겼다.

요즘, 가끔씩 삶이 내몰릴 때마다 다관에 물을 붓고 찻잎을 넣는다. 다관 안에서 지친 삶들이 후드득 떨어진다. 그것들을 말없이 받아 마신다. 목 안이 열리는 순간 답답하던 마음도 열린다. 입안에 남아도는 담담한 향기가 기분을 가라앉히고 마음을 부드럽게 승화시킨다. 마음이 즐거울 때는 차 맛도 달다. 마음이 울적하거나 울분에 차 있으면 이상하리만큼 쓴맛이 난다.

사람의 마음을 먼저 읽는 차는 정성과 사랑을 담아야 제맛을 내어주기 때문이다. 차는 혼자 마시면 탈속하고(一人神), 두 사람이면 한적하여 좋고(二人勝), 서너 명이면 즐기고, 대여섯 명이면 들뜨고, 일고 여덟 명이면 베풀며 남을 배려하는 여유가 있다고 『다경』에서는 말한다. 지금은 비록 푸른 초원은 아니지만 세월의 더께를 더한 '보이차'처럼 발효되고 성숙되어 더욱 가치 있는 삶이 되도록 애쓰고 있다.

가장 뜨거운 동침

　요즈음, 아들이 창업을 하겠다며 동분서주로 바쁜 나날을 보내고 있다. 자신의 전공을 살릴 음악 학원이다. 대학 졸업 후 5년 동안 각 기관에서 레슨을 통해 나름대로의 경험과 지식으로 희망에 부풀어 있다. 우선 학원을 내려면 교육청에 허가를 받아야 하니 그 조건에 맞는 장소를 찾아다니기를 몇 주, 드디어 적당한 학원 장소를 계약하기에 이르렀다. 이른 나이에 창업에 접하다 보니 정보도 부족할 뿐 아니라 인테리어 업체 선정부터 가구 배치와 디테일한 비품까지 신경을 써야 하니 머릿속이 꽤나 복잡한 모양이다. 금전적인 면과 시간적인 면도 만만치 않다. 인터넷과 지인들에게 정보와 자문을 받아가며 최소한의 경비로 만족할 만한 효과를 내기 위해 애를 쓰고 있는 모습을 보고 있노라니 대견함과 동시에 걱정이 앞선다. 앞으로도 수없이 시행착오를 겪어야 할 것이고, 어려움을 잘 극복하여 도움과 나눔을 실천하는 학습의 장을 만들기를 기대해 본다.
　헤밍웨이의 『킬로만자로의 눈』 소설 속 표범은 만년설이 있는 정상에서 얼어 죽는다. 그러나 소설은 표범이 왜! 그곳까지 가서 얼어 죽었는지를 끝내 말해주지 않는다. 무엇 때문에 그 높은 곳을 올라갔어야만 했는가? 빙하로 덮인 킬로만자로에 먹이를 찾아간 것일까? 결코 아니었다. 소설 속 표범은 곧 인간의 도전을 의미한다. 사람은 저마다 목표를 설정하여 희망과 꿈을 찾아 떠나야만 하는 숙명에 처해 있다. 푸른 초원에서 편하게 먹고살기보다는 눈앞에 보이는 산 정상을 목표로 저 산 위에는 과연 무엇이 있을까, 저 산을 과연 내가 오를 수 있을까, 망설이다가 마침내 발을 내딛기 시작한다. 한 발 두 발 오르고 또 오르다 보면 먹이는 없어지고, 산소도 부족한 상황이 닥쳐온다. 하지만 포기하지 않고 견디어 나간다. 마침내 킬로만자로의 정상에 올라서서 자유를 맛보며 위로와 격려와 꿈의 고귀함을 얻는다. 아름다운 삶이란 고통을 겪지 않고 사는 삶이 아니라, 고난과 역경을 딛고 다시 일어나는 삶이다. 고난은 누구에게나 찾아오지만 모든 능력을 발휘하다보면 어느덧 '루이콜츠'와 같은 사람이 되어 있을 것이다.

미국 풋볼 팀 중에서 가장 밑바닥에 있던 미국 노트레담 대학 팀을 9년 내내 정상에 올려놓은 루이콜츠의 졸업 연설문이 젊은이들에게 큰 감동과 동기부여를 주었다. 그는 지하창고에서 태어나 반쪽짜리 화장실과 부엌에서 7년 반을 살았다. 그럼에도 불구하고 그는 자신의 성공을 두고 '삶이란 어떤 선택을 하느냐에 달려 있다.'고 했다. 미켈란젤로가 7가지 색깔로 아름다운 그림을, 베토벤이 7개의 음계로 아름다운 작곡을 할 수 있었듯이 '삶에서 필요한 것은 생각보다 단순하다'며 그들이 위대한 것은 희망을 가지고 꿈 꾸던 무엇인가를 이루었다는 점이라 했다.

또한 그는 인생에 꼭 필요한 4가지로 '내가 해야 할 일, 사랑할 사람, 믿을 사람, '희망을 품을 수 있는 무엇인가'를 꿈으며 정상에서도 더 큰 꿈을 향해 끊임없는 노력하는 것이 곧 살아가는 이유가 된다고 했다. 나는 과연 81세가 되면 젊은이들에게 어떤 연설을 할 수 있을까. I can speak. "제군들이여! 가장 뜨겁게 이상理想과 동침하라."

숨바꼭질

요즈음, 드라마를 볼 때마다 '드라마 속 조연이 우리 딸이었으면…….' 하고 늘 염원하던 중 그 기다림이 드디어 현실로 다가왔다. 얼마 전부터 아들과 함께 모 방송에서 방영되고 있는 수목드라마를 광고가 나가는 순간부터 마지막 자막이 올라갈 때까지 한순간도 놓칠세라 온 정신을 집중하며 시청하고 있다.

이유인즉 드라마 속에서 딸아이가 조 조연으로 출연하기 때문이다.

예술대학 졸업 후 사회인이 되어 처음으로 출연하는 안방극장 드라마인지라 기대가 컸다. 비록 조연도 아닌 조 조연이지만 연기, 노래, 춤 이 세 박자를 고루 심사하는 오디션에서 300명 중 25명 안에 뽑혔다기에 정말 신기하고 TV에서 딸 모습을 볼 수 있다는 것만으로도 영광스럽게 느껴졌다. 게다가 방영 전부터 한류 스타인 주인공들의 영향으로 드라마 OST 앨범이 선주문 5만 장에 달하는 등 뜨거운 반응을 얻었고, 타이틀곡이 각종 음원 사이트를 통해 공개된 뒤 벅스, 다음뮤직, 싸이월드 등에서 실시간 차트 1위를 차지하고 있다는 보도와 함께 드라마가 여러 나라와 수출 계약까지 마쳤다는 기사까지 접하게 되어 내 맘을 더욱 설레게 했다. 그런 대단한 드라마 속에 내 딸이 나온다고 하니 방영 한 달 전부터 행복한 기다림의 시간을 보냈다.

드디어 방송이 시작되었다. 그러나 너무나도 빠르게 스쳐 지나가는 딸아이의 모습은 나를 애태웠다. 계속 집중을 하다가 마침내 후반부에서 제대로 찾아냈다. 강당에서 뮤지컬 공연을 연습하는 학생들 중 새빨간 치마를 입고 열심히 엉덩이를 흔들고 있는 딸아이의 모습을 포착했던 것이다. 순간 눈에서 번쩍하고 빛이 났다.

"저기 있다!"

신기함과 함께 딸이 드디어 나왔다는 기쁨이었다. 2, 3초의 짧은 만남이었다. 조금은 낯설고 어색한 느낌이었지만 진흙 속에서 진주를 발견한 기분이었다.

회가 거듭될수록 금방 찾아낼 수가 있었다. 길어봤자 고작 몇 초였지만 딸을 찾아내겠다는 일념 하에 필사적으로 드라마를 보았다. 딸을 찾아낼 때마다 왠지 모를 성취감과 함께 입가에 웃음이 절로 나왔다.

TV 안의 저 모습! 이제 스물셋, 작은 키가 다소 걸리지만 몸짓은 누구보다도 열심히 움직이고 있었다.

언제나 독특한 의상과 헤어스타일을 연출하는 딸아이를 찾아내는 것은 별로 어렵지 않았다. 길지 않은 머리카락은 매 장면마다 다양하게 변해 있었고 모자와 머리띠, 머리핀 등의 액세서리로 누구보다도 분장에 신경을 쓰고 있었다. 이제는 스쳐 가는 화면 속에서 딸의 얼굴보다 머리를 먼

저 찾는다. 튀거나 특이하다 싶으면 분명 딸이다. 엄마의 눈에 잘 띄라고 일부러 포인트를 주고 있었던 것이다. 작은 키에 동안이다 보니 시선을 받기가 누구보다도 어렵다는 것을 잘 알고 저토록 노력하는 모습을 보니 안쓰럽기까지 하다.

일주일에 이틀 이상 드라마에 필요한 안무 연습과 장면 만들기를 병행한다. 이른 새벽 촬영지로 출발해야 할 때가 많아 잠을 줄여야 하고, 때로는 촬영 전날 근처의 찜질방에서 밤을 보내야만 할 때도 종종 있다. 삼복더위 속에서 드라마 촬영은 계속 진행되었다.

그러나 드라마의 시청률은 저조하다. '쪽박난 시청률', '흡입력 없는 스토리', '부족한 기획과 극본' 등 우연히 시청하는 부류와 출연 스타들의 개인 팬들 정도만이 보고 있다는 이야기들……. 드라마 방영 횟수가 거듭될수록 우려했던 부분이 현실로 나타남으로 안타깝게도 시청자들의 외면이 계속되고 있다. 우리 딸이 책임질 일은 아니지만 기왕이면 드라마가 인기 있었으면 좋을 텐데…….

오늘도 지인들에게 전화가 왔다.

"니 딸! 아무리 찾아봐도 안보이던데?"

"그거야 당연하지! 조 조연은 엄마 눈에만 보이는 거야!"

엄마는 딸의 외모를 찾는 것이 아니라 딸만이 가진 분위기와 느낌으로 찾아내니까 말이다.

며칠 전 잠도 못 자고 촬영장에서 오래도록 대기하고 있는 딸과 통화를 했다. 엄마로서 속상한 마음에 노력만큼 많이 나오지 못해서 아쉽거나 서운하지 않느냐고 조심스럽게 물어보았다. 딸은 아무렇지 않은 듯 대답

했다. "엄마, 내 생각엔 작은 배역은 있어도 작은 배우는 없는 것 같아. 비록 작은 배역이지만 내 역할에 맞게 최선을 다하고 있는 지금 정말 행복해."

딸의 현답에 그동안 배역의 크기에 따라 배우의 크기를 생각해 온 나 자신의 모습을 돌이켜 보게 되었다. 마냥 어리고 철부지 같았던 딸에게 한 수 배운 느낌이 들었다.

딸아, 넌 내 인생에 있어서 그 어느 누구보다도 제일 훌륭하고 멋진 주연이란다. 오늘도 드라마 속에 작은 몸짓 하나만을 번개 스치듯 순간 포착한 채로 야속하게 막을 내렸다.

체감온도

"친구가 예술의전당에서 공연하는 오페라 조연출로 내려가게 되었는데, 주택에 빈방이 있으면 일주일만 공짜로 빌려주면 안 될까?"

딸의 전화에 다행히 다가구주택에 빈방이 있기에 승낙했다. 숙녀가 써야 할 방이니 침대 시트도 새로 깔고, 구석구석 먼지와 집기를 깨끗하게 정리했다.

예술대학을 졸업하고 딸과 같은 꿈을 향해 가고 있는 딸의 친구를 만나보니 우리 딸만큼이나 고단한 길을 걸어가고 있는 듯했다. 조연출을 맡았어도 '열정 페이'라는 명목으로 수고비에 만족해야 하다니 마음이 짠했다.

딸은 연기자의 길을 가겠다고 의기양양하지만, 해가 갈수록 도시에서 돛대도 없이 떠내려가는 작은 조각배 같았다. 졸업 후 4년이 지났지만 간간이 영화에 조연으로 출연하고, 작은 기획사에서 거리공연 등 퍼포먼스와 영상작업을 통해 열심히 살아가고 있지만 모자란 통장 채우기에 늘 바쁘다. 돈이 필요할 적마다 "엄마, 얼마만 보내줄 수 있어요?" 큰 잘못인 양

미안해하는 목소리가 마음에 걸려 넉넉지 않지만 보탬을 주고 있다. 늘 한결같은 마음으로 변함없이 후원자가 되면서도 한편으로는 기약 없는 일에 허송세월을 하는 것은 아닌지 걱정이다. 때로는 딸애가 세상 살아가는 법을 아직도 모르고 있는 것은 아닌지 염려되면서도 시간을 쪼개며 다부지게 정진하는 모습을 볼 때면 언젠가는 꿈을 이루는 날이 올 것이라는 기대와 기다림의 연속이다.

드디어 그 애가 왔다. 밝은 미소 속에는 이 지방을 처음 접하는 낯섦과 무사히 공연을 치러야 한다는 염려가 가득했다. 방을 안내하자 감사하다는 인사를 연신하며 다소 안정을 되찾았다. 길고 긴 외로움의 끝이 언제가 될는지 마음속에 있던 안타까움이 다시 고개를 들었다.

우리나라 청년들의 체감온도는 영하 17도란다. 어느 아웃도어 업체에서 '마음의 온도'를 주제로 실시한 온라인 설문 결과다. 특히 대학생과 취업 준비생의 심적 고통이 가장 심했다. 이들 그룹은 영하 17도로 심리적인 추위를 많이 느끼는 것으로 드러났다.

이어 고교생이 영하 16.6도, 20~39세 직장인 영하 13.8도, 50대 직장인 영하 13.5도, 40대 직장인 영하 9.3도 등의 순이었다. 모든 연령이 빠짐없이 모두 영하의 온도이다. 이 기사를 보고 우리 딸만이 추운 것이 아니라는 것에 다소 위안이 되면서도 씁쓸해졌다.

이런 상황에도 살아갈 수 있는 건 희망이 있기 때문일 게다. 젊은이들이 5포 세대라 하더라도 나는 희망을 갖는다. 다만 저들이 노력의 결과가 쉽사리 나타나지 않을 뿐 언젠가는 준비한 노력과 시련 뒤에는 더 무르익고 단단한 미래가 있음을 확신하고 있다.

로키산맥 해발 3천 미터 높이에 수목 한계선인 지대가 있다. 이 지대의 나무들은 매서운 바람으로 인해 곧게 자라지 못하고 '무릎 꿇고 있는 모습'으로 자란다. 이 나무들은 열악한 조건이지만 생존을 위해 무서운 인내를 발휘하며 지낸다. 그런데 가장 공명이 잘 되는 명품 바이올린은 바로 이 '무릎 꿇고 있는 나무'로 만든다고 한다. 아름다운 영혼을 갖고 인생의 절묘한 선율을 내는 사람은 아무런 고난 없이 좋은 조건에서 살아온 사람이 아니라 온갖 역경과 아픔을 겪어 온 사람일 것이다.

마지막 오페라 공연을 보았다. 기립박수를 받는 무대 위의 배우들 역시 이 자리에 서기까지 끊임없이 노력하고 자신과의 싸움에서 승리했을 것이다. 자신을 온통 태워야만 얻을 수 있는 영광이었다. 성공적인 공연이 끝나고 그 애도 떠났다. 그 애가 부려 놓고 간 수고와 노고가 내 딸을 보는 것 같아 짠한 그리움과 아쉬움이 그대로 전이되어 왔다.

요즈음 TV에서 모 라면 광고에 딸애가 제 몸의 3배가 넘는 탈을 쓰고 나온다. 무겁고 답답한 저 안에서 밖으로 나와 얼굴을 알리는 배우가 되기 위해 온 힘을 쓰는 것 같아 안쓰럽지만 최선을 다하는 모습을 보며 비장한 결의가 느껴진다.

오늘도 이곳저곳에 프로필 영상을 남기고 섭외를 기다리며 무명의 긴 시간 위를 걷고 있다. 이 시간들이 쌓이면 언젠가는 모든 이들을 감동시킬 수 있는 히어로가 되는 날이 올 것을 기대해본다.

심은 대로 거둔다

경칩이 지난 들녘에는 얼어붙었던 땅속을 비집고 봄이 꿈틀거린다. 이름 모를 잡초와 냉이, 씀바귀, 고들빼기가 파릇파릇 돋아나오는 걸 보니 자연의 법칙은 어김없이 우리 곁으로 다가오고 있다. 농사를 시작하려는 농부들의 발걸음이 분주하다. 지난해 곡식을 거두고 미처 걷지 못한 고춧대를 뽑고, 밭에 씌웠던 비닐을 벗겨내고 씨를 뿌리며 풍성한 곡식을 얻기 위해 정성을 다한다.

농부들만이 씨를 뿌리는 것은 아니다. 사람도 저마다의 씨를 뿌리며 산다. 자신의 생각과 말과 행동도 모두 씨를 심는 것과 같아서 각자가 심은 그대로 거두게 되는 것이다.

미국의 통계에 의하면 실업자의 60%가 대인관계가 나빠서 실업하게 되었다고 한다. 기술이 모자라거나 능력이 없어서가 아니라 사람들과의 올바른 관계를 맺지 못하기 때문에 직장 생활을 못한다는 것이다.

어떤 사람은 제법 능력도 좋아 보이는데 이 사람과 싸우고 저 사람과

원수 맺고, 어떤 사람은 인물도 잘나고 지식도 많지만 한 직장에 오래 있지를 못하고 부평초같이 떠다니는 것을 볼 수 있다. 이유는 모두 대인관계가 좋지 못하기 때문이다.

대인관계가 좋아지려면 첫째로 진실함을 심어줘야 한다. 자기가 한 말에 책임을 지고, 책임성 있는 행동과 배려심이 있어야 올바른 대인관계를 맺을 수 있다. 둘째로 겸손해야 한다. 상대보다 내가 조금이라도 낫다고 생각하는 순간 교만이 살아나서 실수를 연발한다. 교만은 패망의 선봉이요, 겸손은 존귀의 길잡이라고 했다. 마지막으로 상대를 사랑해야 한다. 자기만 알고 제 욕심만 채우려는 사람은 대인관계가 좋아질 수가 없다. 또한 중요한 것은 물질과의 관계가 바로 되어야 한다. 그 사람이 물질을 쓰는 것을 보면 그 사람의 인격도 알 수 있다. 돈을 바르게 쓸 줄 모르면 그의 인격도 덜 된 것이다.

가구점으로 성공한 사람의 이야기이다. 비가 내리는 어느 날, 어떤 할머니 한 분이 가구점이 모여 있는 거리에서 여기저기 서성이고 있었다. 아무도 그 할머니에게 신경을 쓰지 않았는데 한 가게의 주인만이 그 할머니를 안으로 모셨다.

그 할머니는 "나는 가구를 사러 온 것이 아니라 차를 기다리고 있습니다."라고 말했다. 그러자 그는 "물건을 안 사셔도 좋습니다. 편히 앉으셔서 구경하세요."라고 친절하게 말한 다음 차 번호를 적어 몇 번이나 밖에 나가 차가 왔는지 확인했다. 그는 차가 올 때까지 미소를 잃지 않고 할머니에게 친절을 베풀었다. 그런데 며칠 후 그는 미국의 대재벌 강철왕 카네기로부터 깜짝 놀랄 편지를 받았다.

"비 오는 날 나의 어머님께 베푼 당신의 친절에 대해 감사를 드립니다. 이제부터 우리 회사에 필요한 가구 일체를 당신에게 의뢰하며 또한 고향 스코틀랜드에 큰 집을 짓는데 그곳에 필요한 가구도 모두 당신에게 의뢰합니다."

그의 작은 친절과 따뜻한 말 한마디가 어마어마한 소득을 얻게 한 것이다. 많은 사람들이 자신과 직접적인 연관이 없다는 이유로 이웃에게 소홀히 대하는 경우가 많다. 배려의 씨앗을 뿌린 결과가 행운과 행복으로 찾아온 것이다. 배려는 내가 손해를 보면서 남을 위하는 일이 아니다. 남을 아끼고 사랑하는 것은 나 자신을 아끼고 사랑하는 일이다.

『가슴에는 논어를, 머리에는 한비자를 담아라』는 많은 깨달음을 준다. 가슴속에는 덕德과 인仁을 함양하고, 머리에는 법法과 형刑을 담아 적절히 조화하고 운영하도록 하는 것이 이 책의 메세지다. 유가儒家는 이상을 지향하고, 법가法家는 현실의 문제를 해결하는 것을 목표로 한다. 그러므로 둘을 적적하게 조화시켜 적용할 수 있다면 안으로는 넓은 마음과 이해를, 밖으로는 성공하는 사람이 될 것이라 이 책은 말하고 있다.

이 나이가 되도록 나는 윤리 의식에 의한 씨앗을 제대로 뿌리고 살고 있는지 자문자답해본다. 오늘도 선한 씨앗을 뿌리려 마음가짐을 다시 해본다.

성공 가이드

건설기술인이면 누구나 받아야 하는 교육이 있어 아들과 함께 대전에 있는 교육원으로 향했다. 떠나기 전, 혹시 모를 졸음을 방지하기 위해 피로회복제, 껌, 사탕을 주섬주섬 가방에 넣자 보고 있던 아들이 엄마는 소풍이라도 가느냐며 놀려댔다. 봄을 시샘하는 꽃샘바람이 품속을 파고들었다. 교육장에 도착하니 드넓은 캠퍼스는 푸른 숲과 아름다운 조경으로 굴지의 연수원답게 깨끗이 정리되어 있었다. 4, 5백 명이 꽉 들어찬 강의실에는 최신형 빔 프로젝터에서 교육 안내에 대한 오리엔테이션으로 열기를 더해주고 있었다.

다양한 교육이 진행되었다. 그중 사업 관리 실무 부문 프로젝트에 관한 강의는 내게 유익한 시간이 되었다. 프로젝트에 있어서 '첫 번째 섬에 도착해야만 두 번째 섬이 보인다'는 말이 있다. 사업을 시작함에 있어 지식이나 기술, 분석과 개발을 단계적으로 잘 적용하여야 실패가 적다는 것이다. 사업의 특성을 제대로 알지 못하고 덜 준비된 상태로 뛰어들게 되면 손실은 물론 각종 위험에 빠지기 쉽다. 돌이켜 보니 그동안 궁여지책으로 뛰어들었던 식당, 팬시점, 잡화점 등을 2년도 채 못하고 문을 닫아야만 했던 것은 예견된 결과였는지 모른다. 강의를 들을수록 고개가 절로 끄덕여지는 사례들과 대처 방법을 알 수 있었다. 실제 사업장에서 봐 왔던 문제들도 다루어 흥미로웠다.

프로젝트 성공을 위해서는 프로젝트 매니저의 역할이 중요했다. '리더는 마지막에 먹는다'고 한 사이먼 사이넥은 어떤 위기에도 흔들리지 않고 성장하는 조직을 만들어 내기 위한 조건으로 '리더십'을 꼽았다. '최고의 리더는 성공한 리더가 아니라 성공하는 조직을 만드는 리더이다.'라고 했다. 신뢰와 안전이라는 가치 아래 돈보다 사람을 중히 여겨야 한다는 것이다.

올해, 문학회 회장을 맡으며 진정한 리더의 역할이 무엇인지 조금은 알 것 같다. 한창 졸릴 오후 시간이라서 여기저기 졸기도 하고 전반적으로 처져 있는 분위기로 강의 의욕이 가실만도 한데도 강사의 또렷한 발음과 조용하면서도 유장한 목소리는 두 시간 동안 내내 궁금하고 답답했던 가슴을 시원하게 뚫어 주었다. 걱정 반 기대 반으로 시작한 교육은 나의 삶에 유용한 스킬이 될 수도 있는 소중한 시간이었다.

나의 생애 주기도 길고 긴 한 편의 프로젝트라는 생각에 이른다. 출생에서부터 죽음까지 길고 긴 여정의 사업이다. 돌이켜보면 살면서 사건 사고도 많았다. 지금 옆에 있는 아들을 길거리에서 잃어버릴 뻔한 아찔함도 있었고, 집에 난 화재로 위험한 순간도 있었다. 무엇보다도 피할 수 없었던 것은 가족들이 생로병사를 마주하면서 넘겨야 했던 위기의 과정이었다. 한 치 앞도 알 수 없는 것이 인간의 삶이라지만, 운명에만 맡기고 운명 탓만

한다면 그 인생은 아쉬움과 후회만 남는 프로젝트로 끝나지 않을까 한다.

　서른의 문턱에 들어선 아들과 이순의 문턱에 들어설 엄마의 생활이 다를지 몰라도 목표를 향해 밟아가는 과정은 같다. 30대는 50대를 생각하고, 50대는 80대를 생각하며 체계적인 가치판단의 과정을 통하여 플랜을 짜야할 것 같다. 지금부터라도 근시안적인 삶에 머무르지 말고 언제나 자신의 황금기를 위해 전략을 게을리하지 말아야 하겠다. 그저 옆에만 있어도 좋은 아들에게 앞으로의 계획과 삶의 방향에 대한 대화를 미루어왔던 차에 이틀 동안의 교육은 의미 있는 시간이었다.

여백에 핀 꽃

　　오늘은 '충북 여성 백일장'을 개최하는 날이다. 전날부터 비가 오락가락한 날씨가 무던히도 속을 태웠다. 눈을 떴을 때는 거실 창으로 비친 하늘이 뿌옇기만 했다. 한 달 전부터 준비한 행사가 날씨로 인해 불편하지나 않을까 걱정이 되었다. 하늘은 금방이라도 비를 퍼부을 것만 같다. 만약 비가 내리면 모든 행사 준비를 실내로 변경해야 해야만 했다. 총 책임자의 위치에 서게 되니 심적인 부담이 많았다.

　　마음속으로 기도를 하며 3·1공원 행사장에 도착하니 '충북 여성 백일장' 현수막이 하늘 높이 위풍당당하게 펄럭이고 있었다. 잠시 후 천막, 테이블, 의자가 도착하고 앰프 시설도 설치되었다. 설치가 끝나자 한 명 두 명 환한 얼굴로 회원들이 도착했다. 회원들은 각자의 위치에서 일사불란하게 움직였다. 백일장 시작 시간이 임박해지자 참가자들이 몰려오기 시작했다. 한 명이라도 더 참가시키기 위해 회원들이 그동안 사방팔방으로 뛰어다닌 결과, 예상 인원을 넘었다. 기대 반, 설렘 반 오늘을 기다려온 모두의 모습이 박꽃처럼 번져나갔다.

올해로 29회를 맞이하는 '충북 여성 백일장'이 드디어 시작되었다. 하늘도 비를 참아내느라 풍속을 느리게 회전시켰다. 수필 글제는 약속, 용서, 시제는 바람, 향수로 발표하면서 어느 해보다도 훌륭한 작품이 나오길 기대해본다.

참가자들은 3·1공원 내, 녹음이 짙어가는 나무 아래에 가장 편안한 자세로 글쓰기에 여념이 없다. 자연과 한 몸이 된 모습들은 저마다의 색깔과 모양을 가지고 마음의 향기를 채우고 있었다. 아름답다. 머릿속으로는 원고지 한 칸 한 칸을 채우기 위해 가시철망이었겠지만 글을 쓰는 모습만큼은 정겹고 평화롭게 보였다.

'늦게 피는 꽃은 있어도 피지 않는 꽃은 없다'라는 말이 있다. 백 년 만에 꽃을 피운다는 용설란, 삼천 년에 한 번 여래如來가 태어날 때 피어난다는 우담바라 꽃도 있다. 백 년, 삼천 년은 시간을 초월하는 무한을 상징한다. 글을 써서 꽃을 피우기까지는 기나긴 여정이다.

오늘 이 자리에 어떤 이는 문학을 시작한 지 수년 만에, 또 어떤 이는 그보다 더 오랜 시간을 두고 꽃을 피우려 왔다. 참가자들 모두는 늪지에서 피어나는 가시연꽃이라 말해 주고 싶다. 문학이라는 늪지에서 싹을 틔우고 있는 그들은 습한 늪지대에서도 피안彼岸의 세계를 꿈꾸며 사는 사람들이다. 그들의 마음은 늙지도, 변하지도, 바래지도 않았기에 여기까지 올 수 있었던 것이다.

요즘 사람들 중에는 즉흥적이며, 현재만을 향유하며 미래를 꿈꾸지 않고 살아가는 이들이 있다. 백일장 홍보지를 들고 백화점 문화센터와 여러 곳의 금융기관을 찾아가 고객센터에 게시를 부탁할 때마다 미관을 해친다는 이유로 거절을 당해야만 했다. 겉으로는 지식인인 양 억지 미소 짓지만 물질 곁에서만 사는 자들은 자신의 마음속에 머물지 못하고 편방에서 방황하며 외롭게 살아갈 수밖에 없다. 이러한 시대에 문학을 한다는 것이 녹록지 않지만 우리 여백문학회는 매년 백일장을 개최할 계획이다.

드디어 20송이 싱싱한 꽃들이 피어났다. 장원부터 참방까지 60대에서 20대까지 다채로운 꽃들이 여백문학회 꽃밭에 심어졌다.

수필 장원 작품은 참가자 모두에게 감동의 눈물을 흘리게 했던 「용서」였다. 둘째로 태어난 아이가 중증 심장병인데다 지적장애 진단을 받자 실심한 남편이 아내와 딸에게 속상한 마음을 표출하여 갈등이 많았으나 '용서란 누가 누구를 용서하는 것이 아니라 나 자신의 마음을 풀어내는 것임을 알았다'는 이야기로 글을 꾸려가는 솜씨가 정연하고 문장이 정확하며 주제의식이 뚜렷이 나타난 작품이었다.

"지금까지 살아오면서 이렇게 행복한 적 없었다."는 장원의 감사 말에 그동안 고생한 우리 회원 모두는 가장 향기로운 꽃을 선물 받았다. 새로운 꽃들이 여백 밭에서 잘 자라 열매 맺기를 언약하며 백일장은 성황리에 마쳤다.

잘 정돈된 정원에 피어난 꽃보다 길모퉁이나 마당 한 모퉁이에 피어있는 꽃에 더욱 눈길이 가는 것처럼 이번에 입상한 새내기 문인들에게서 신선한 에너지가 넘쳐나길 바란다. 시상식장 창밖으로 오전 내내 참았던 하늘이 소낙비를 퍼부었다. 만물이 생기를 내어주고 있다. 여름비의 교향곡이 울려 퍼지고 있다.

한 알의 밀알을 심던 날

책꽂이에 여백 문학지가 나란히 꽂혀 있다.

여백문학회에서 실시하는 여성백일장에 참가하여 문학회 활동을 시작한 지 어느덧 7년이라는 세월이 흘렀다. 여백문학회를 처음 알게 된 것은 지인으로부터 여백 문학지를 받아 읽으면서부터였고 그때부터 남다른 애정을 느꼈다. 지인들의 글이 실린 까닭도 있었지만 여성 회원으로만 이루어진 문학단체의 특수성 때문에 더 매력 있었다.

그 후로 마음은 온통 여백문학회에 가입하고 싶다는 생각뿐이었다. 하여 회원이 되려면 어떤 절차를 걸쳐야 하느냐 하니 여백문학회에서 매년 개최하는 '여성백일장'에 입상해야 자격이 생긴다고 했다. 때마침 여백문학회에서 백일장 행사에 참가해 보라는 제의를 받고 반가움과 함께 백일장을 기다렸다.

드디어 백일장 날이 왔다. 가랑비가 흩뿌리는 이른 아침에 수동 노인복지회관으로 향했다. 복지회관은 많은 사람들로 붐볐다. 가랑비와 흐린 날씨는 오히려 기분을 차분히 가라앉혔다. 여백문학회 회장의 인사와 안내가 끝나자 원고지를 받았다.

'들꽃'이라는 시제를 받고 잠시 생각에 잠겼다. 나태주, 역경, 억척, 강인함과 생명력 등 뇌리를 스치는 혼잡함을 정리하다 보니 어느덧 한 시간이 지나갔다. 조급한 마음으로 원고지에 써 내려가기 시작했다. 처음으로 백일장을 마주하다 보니 마음만이 바쁘게 콩닥거렸다.

퇴고한 원고를 내고 나니 어떻게 시를 썼는지 도무지 기억이 나지 않았다. 결과를 기다는 시간은 더디게 흘러만 가고 초조한 마음에 지인들과 근교의 산행을 시작했다. 산의 정상에 올라서자 휴대폰이 울렸다.

"김민정이시지요? 축하드립니다. 백일장에 입상하셨습니다. 4시까지 시상식장으로 오세요." 얼마나 기다리고 듣고 싶어 했던 말이었던가! 바람같이 산을 내려와 집으로 향했다. 옷을 갈아입고 시상식장으로 향했다. 감출 수 없는 기쁨이 이런 것인가 했다. 그렇게 원하던 여백에 입문한 뒤 여백 회원이 되었다.

올해도 어김없이 아까시 꽃향기 진동하는 5월에 여성백일장이 열렸다. 달콤한 향기를 마시며 푸른 자연과 함께 공원 한 모퉁이에서는 저마다 묻어 두었던 삶의 보따리를 푸느라 여념 없다. 어떤 이는 수십 년 전 유년의 기억을, 어떤 이는 가슴속에 쌓여 있는 연민의 정을 쏟아낸다. 조금은 서툴고 맞춤법마저 틀리지만 충북 여성이면 누구나 참가하는 백일장은 내 안에 있는 아련한 추억, 마음의 상처, 삶의 갈등 등을 솔직하게 고백하는 시간이기도 하다. 문학소녀의 꿈을 간직한 채 이순을 넘기고 칠순을 넘겼어도 식지 않은 열정으로 원고지를 행주 삼아 짜고 또 짜내는 모습을 보면서 신선한 충격을 받는다.

나 역시 그렇게 감추었던 비밀 커튼을 내리며 글을 무대 위에 올리기 시작했다. 독자들에게 내보이고 나니 오히려 용기가 생겨났다. 3주에 한 번모 일간지에 글을 올리고 있으니 얼마나 큰 기쁨인가, 시작은 어려웠지만 다른 사람들의 글에서 수필의 묘미를 발견하고, 재미와 감동을 받으며 생활에 활력을 얻고 있다. 작가들의 글을 사유하고 글의 문지방을 넘으면서 삶도 함께 한 계단 한 계단 올라 가고 있다.

여백에서 글의 씨앗을 받아 오늘도 물을 주고 거름을 주어 새싹을 틔워 내고 있다. 글의 모티브가 되어 주었던 여백은 시간을 긴장하게 하며 삶의 갈라진 틈새를 메우고 무정하게 흘러가는 세월에 불타는 그리움과 기다림도 주었다.

올해로써 여백은 30주년을 맞이하며 제24집의 여백 문학지를 발간하게 되었다. 그동안 수백 명의 문학 동인을 배출해냈으며, 그들은 실력을 인정받아 향토작가로서 왕성하게 활동하고 있다.

어릴 적 가슴속에 잠자고 있었던 문학의 씨앗을 뿌려 흙 속에 뿌리박고 성장시켜 연미한 꽃 봉오리를 맺어주고 있는 여백문학에 감사한다.

아직은 나 자신은 꽃을 피워내지는 못했지만 문학을 사랑하는 사람들에게 한 알의 밀알이 되어 싹을 틔울 수 있도록 함께 노력하고자 한다.

5

DJ가 남기고 간 선물

   팝송 전문 DJ 겸 팝 칼럼니스트 김광한이 심장마비로 지난 9일 세상을 떠났다. 80~90년대를 풍미한 라디오 DJ로써 구수하면서도 편안하고 부드러운 음성으로 많은 청취자들을 매료시켰던 그의 목소리를 더 이상 들을 수 없다고 생각하니 안타까움과 함께 그를 닮은 또 다른 한 사람이 그리워졌다. 80~90년대는 '김광한'이 있었다면 70~80년대에는 이종환이 있었다.

   여고 시절, 밤 10시면 어김없이 흘러나오던 '별이 빛나는 밤' 시그널 뮤직 〈Adieu, Jolie Candy〉는 마치 바이올린의 선율이 미끄러지는 듯한 느낌과 함께 밤하늘을 온통 무지갯빛 감동으로 물들게 했다. 그 누구도 따라 할 수 없었던 DJ '이종환'의 애잔한 목소리에는 슬프도록 진한 향기가 있었다.

   뉴에이지가 생소했던 70~80년 시절, 폴 모리아, 제임스 라스트, 프랑크 푸르셀, 그들의 음악이 많은 방송 시그널 음악으로 쓰이면서 꿈과 낭만을 주었다. 달콤하고 편안한 연주로 많은 사랑을 받았던 음악들은 곱게 먹인 파운데이션 위로 흐르는 눈물 한 방울의 절제된 슬픔 같았다.

'별이 빛나는 밤'에 더욱 애정을 쏟았던 이유는 언제 들어도 옅은 바람에 도리질을 하는 풀잎처럼 잔잔한 인품에서 배어나오는 '이종환'의 내레이션 때문이었다. 내레이션을 듣고 있노라면 따뜻한 기운이 몸속으로 퍼져 들어와 세포 하나하나를 쉬게 해 주고, 눈을 감으면 미루나무 사잇길로 황소를 끌고 가는 평화로움 같은 고요함이 좋았다. 매일 밤 대자연의 품속에서 하늘의 소리를 들으면 그 맑음과 밝음의 기운이 감성과 이성을 지배했고 비라도 내리는 밤에는 운치와 분위기에 휩싸여 사유의 시간을 즐겼다.

음악과 함께 편지도, 시도 많이 썼던 기억이 난다. 지금 그 시절에 써 내려간 글을 읽고 있노라면 창피하고 부끄럽고 어색하지만, 글을 쓴다는 것 자체가 커다란 기쁨이었다. 느낌이 좋은 음악을 들을 때면 노트에 적어두고 다음날 레코드 가게 앞에 서성거리다가 턱없이 모자라는 용돈을 만지작거리며 돌아설 때도 많았다.

청소년기를 지나 직장을 다니면서 팝 음악에 다시 빠져들었다. 팝스 다이얼은 DJ '김광한'의 풋풋한 인상과는 달리 해박한 지식이 나의 마음을 사로잡았다. 특히 골든 팝스를 통해 영화음악을 들으며 여주인공이 된 것 같은 착각에 빠져 혼자서 울기도 웃기도 많이 했다.

그리고 결혼을 한 후로는 십수 년 동안 라디오와 뉴에이지 음악을 떠나 있었다. 혼자였던 공간에 가족이 생겨나고 가정을 꾸리면서 모든 것이 달라졌다. 그렇게도 음악에 심취했던 밤 시간이 가정 살림과 육아로 빠르게 지나갔다. 낮게 엎드릴 수밖에 없었던 도시의 삶은 밤을 무겁게 내려놓았다. 바쁘게 사는 건 사람만이 아니었다. 음악도 밤도 빠르게 갔다. 언제나 나쁜 예감은 곧 현실로 다가와 산새만큼이나 굴곡진 날들을 보내야만 했다.

그렇게 지나고 나니 어느새 가을에 들어선 나이, 이제야 삶의 구석구석을 환하게 비추고, 무겁고 거친 숨소리 대신 웃음 섞인 여유를 가질 수 있었다. 몇 년 전 '이종환'의 타계 소식을 접했을 때에는 충격이었다. 언제나 라디오를 켜면 그의 목소리를 들을 수 있다는 생각에 아껴두었던 보물을 잃어버린 느낌이었다.

세상 살아가는데 예술적 지식과 지혜를 가르쳐 주었고, 글 쓰는 작가로 만든 것도 그들이 있었기 때문이다. 지금은 아들이 음악에 빠져 산다. 앞으로 얼마나 세상을 위해 희망을 선물할지 모르지만 돌아가신 그분들의 일부가 되어 주길 바랄 뿐이다. 평생을 아름다운 음악으로 세상을 밝게 해 준 그들. 그들은 떠났지만, 가슴속에는 그들의 음악과 목소리가 남아 있다.

별리 別離

어느 해보다 조용한 연말이다. 경기 침체로 떠들썩한 연말 분위기가 자취를 감췄다. 거듭되는 불황은 사람들에게서 웃음을 잃게 하고 생기를 잃게 했다. 지금 나는 머리에서부터 가슴까지 가장 먼 여행을 하고 있다. 머리로는 올 한 해 동안 고마움을 마음에 새긴 분들에게 감사 표시를 하겠다고 생각하지만, 가슴은 텅 빈 시베리아 벌판이다.

토요일 오후, 지인에게서 연극 공연을 보러 가자는 연락이 왔다. 문득, 몇 해 전 이맘때 관람했던 연극이 반추되었다. 그날의 감동과 또 한 명의 친구가 그리워진다. 산자락에 위치한 공연장은 산에서 불어오는 바람이 거문고 소리를 내며 살갗에 현을 그어댔다. 공연장에 들어서니 음습한 무대 정면에는 관과 칠성판이 놓여 있고 부의함과 빛바랜 산수화 병풍이 붉은 조등 아래 서 있다. 너댓 벌의 성근 누런 수의가 긴소매를 내려뜨린 채 널브러져 있는 것이 마치 이 시대의 자화상처럼 보였다. 음산한 분위기를 접하면서도 눈을 돌릴 수 없었던 것은 지난해 친정어머니 상을 치른 뒤라서일 것이다. 그날이 온 것 같았다.

공연이 시작되기 전 어느 무명 여가수의 촉촉이 젖은 음색은 분위기를 더욱 애절하게 했다. 부른 이가 세상에 없어 더욱 가슴 시린 노래다. '곱고 희던 그 손으로 넥타이를 매어 주던 때 어렴풋이 생각이 나오. 여보! 그때를 기억하오. 여보, 왜 한마디 말이 없소. 여보, 안녕히 잘 가시게……'

김광석 가수의 〈어느 60대 노부부 이야기〉이다. 슬픈 감정을 억누르며 여운이 가시기 전 공연이 시작되었다. '염쟁이 유 씨'. 조상 대대로 사체 수습을 업으로 해온 유 씨의 삶을 그린 모노드라마이다. 배우 '유순웅' 그는 충청도의 구수한 사투리로 친근하게 다가왔다. 망자의 영혼을 저 세상으로 보낼 때에는, 수시로부터 입관에 이르는 절차와 격식이 갖추어야 망자가 편안히 돌아갈 수 있다며 세세히 알려준다.

"잘사는 것만큼 중요한 것은 얼마나 잘 죽느냐일세! 갈수록 시대가 빠르다 보니 간소화되는 것이 많지만 장례식만큼은 정성과 예의를 다 해야 되는 법이여."

사회적 약자들의 다양한 인생사가 그의 손에서 지나간다. 공연이 무르익어 갈수록 걸쭉한 입담과 재치에 어둡고 무거웠던 분위기는 사라지고 시종일관 박장대소했다. 그렇지만 염을 할 때만큼은 진지한 모습으로 정성을 다하였다. 수시로 관객을 배우로 참여시키며 실제로 염쟁이 문화체험을 하는 것 같이 배우와 관객들의 소통은 이어졌다.

혼자서 무대를 장악하고 있지만 허공에 대고 혼자 연기에 몰입하지 않는다. 1인 15역을 소화하며 '민족광대상'을 받은 배우답게 변화무쌍한 연기에 몰입하면서 이렇게 즐겁게 따라해 본 적이 없었던 것 같다. 그는 누구나 비천하다고 느끼는 직업을 가지고도 행복하게 살아가는 법을 알게 한다. 또한 인생을 살면서 가장 중요한 것이 무엇인지를 알게 하고, 죽음을 통해 삶의 긍정을 얻게 했다.

공연이 끝나고 밖으로 나오니 하늘에서 싸락눈이 내리고 있었다. 연말에 감정을 순화시키기에 참 좋은 선택이라 생각하며 차로 향하는데 '피리릭' 휴대폰에 메시지가 떴다. '친구 ○○, ○일 ○시에 하늘나라로 갔습니다' 초등학교 친구의 부음 소식이었다. 회복이 어려울 것이라는 걸 예감했지만 너무 빠른 이별이었다. 또다시 방금 전 상황이 그대로 전이되어 왔다. 친구는 교단에서 첫 수업을 시작했고 자신의 청춘을 다 바친 곳에서 영영 일어나지 못했다. 사인은 폐암, 이제 막 지천명을 넘어선 안타까운 나이인데…….

귓가에 염쟁이 유 씨의 마지막 말이 맴돈다. "죽는다는 것 목숨이 끊어진다는 것이지 인연이 끊어지는 게 아니야!" 아직도 그날이 생생한 것은 친구와의 이별이 겹친 날이기 때문일 게다. 오늘 밤도 그날처럼 하늘이 잿빛이다. 하루의 막이 내리는 시간은 늘 아쉬움으로 가슴이 시리다.

묘비墓碑

　　입동을 맞은 들녘은 지난여름 동안 농부들의 땀과 수고를 품어 안으며 긴 휴식을 보내고 있다. 때를 맞춰 보리를 흔들고, 벼 이삭을 흔들었던 바람은 이제 가을을 보내고 시린 겨울을 따라 텅 빈 들녘에 둥지를 튼다.

　　불혹의 나이를 넘어 지천명에 가까워지니 허허로움에 마음 둘 곳이 없어서 무작정 달려와 멈춘 곳이 옥화대였다. 얼마 만에 옥화대를 찾아왔는가! 차가운 바람 때문인지 찾는 이도 없었고, 억새만이 나부끼고 있었다. 고즈넉한 개울가에 차를 대고 흐르는 물을 바라보고 있자니 문득 유년시절에 마음을 나누었던 고향의 예원 언니가 그립다.

　　2년 전 투병 생활로 초췌해진 예원 언니는 이곳 천변의 숲길을 작은 걸음으로 걸으며 연신 천경대를 바라보며 감탄했다. "참 예쁘기도 하네. 저 하늘 좀 봐, 꼭 거울 같지?" 언니의 메아리가 아직도 귓가에서 맴돈다.

　　천변을 따라 동산을 이룬 하얀 망초꽃, 여기저기 군집을 이루며 낮게 깔려 있는 연분홍빛 구절초, 어느 것 하나 허투루 보일 리 없는 언니는 특히 새소리를 좋아했다. 천경대 위로 포물선을 그리며 날아가는 산새를 잡아보려는 듯 두 팔을 힘껏 내뻗고는 이내 포기했다.

"이 다음에 다시 태어나면 고운 목소리를 가진 새로 태어나고 싶어!"

그녀는 분명히 내세를 믿고 있었다.

이왕 여기까지 온 김에 옥화대 근처에 있는 언니의 묘지를 찾아보기로 했다. 언니의 산소를 살펴보니 누가 왔다 갔는지 시든 국화꽃 한 다발이 묘비 앞에 놓여져 있었다. 가을 햇살에 반사된 언니의 묘비가 반짝거렸다.

언니의 쓸쓸한 묘비에 새겨진 이름 석 자 '成睿菀之墓(성예원지묘)'.

사실은 예원 언니의 진짜 이름은 '붙뜰'이었다. 성붙뜰, 태어나는 아이마다 돌이 되기 전에 세상을 떠나자 어머니가 이 아이만큼은 명이 길고 붙잡아야 한다며 지은 이름이란다. 어려서부터 '붙뜰'이라는 이름 때문에 놀림에 대상이 되기 일쑤였다.

때로는 어린 마음에 하루 온종일 어머니에게 서러움에 가득 찬 원망도 많이 했지만 언니의 일생은 자신의 이름을 배반하지 못하고 질곡의 삶을 살아가야만 했다.

열다섯 살 때 아버지가 세상을 떠나자 아래로 다섯 동생들을 보살펴야만 했다. 무작정 서울로 올라가 식모살이를 하다가 그 집 아들에게 처녀성을 잃고 결혼까지 했지만 무능력하고 바람둥이인 그 남자와는 오래가지는 못했다. 서른도 되지 않은 나이에 두 아들을 데리고 살아가기에는 세상이 녹록지 않았다. 박꽃 같은 하얀 피부며 그윽한 눈매가 탤런트 전인화를 닮았던 언니는 작은 호프집을 시작했는데, 가게에서 긴 세월을 술과 담배 연기로 살아야 했던 때문인지 46세의 나이에 예기치 못한 폐암을 선고받고 말았다.

어느 날 언니는 내게 부탁이 있다고 했다.

"내가 꼭 하고 싶은 게 있는데, 내 이름 석 자를 바꾸고 싶어!"

언니의 삶이 이렇게 비참해진 것이 모두 자신의 이름 때문인 것 같다며 얼마 남지 않은 인생이지만 희망을 바라보고 살고 싶다고 했다. 나는 언니와 작명소를 찾았다.

"몸에 맞지 않는 옷을 걸치면 불편하듯이 이름도 자신에게 맞는 이름으로 살아야 만사가 순조로운 법이라오!" 하며 원장은 '성예원(成睿菀)'이라는 이름을 지어 주었다.

그 이름이 음양오행과 상생원리에 맞는 이름인지는 모르지만 새로운 이름을 쓰게 된 언니는 얼굴에 홍조를 띠며 만족해했다.

나는 매일 언니에게 '예원 언니' 하며 문자를 보내기도 하고, 전화통화를 할 때도 예원 언니의 이름을 자주 불러주었다. 그래서인지 언니는 건강이 점점 회복되어 가는 듯했다.

바쁘게 살아가다 보니 언니를 안 본 지 여러 달이 지났다. 하루는 겨울철 감기 예방도 할 겸, 그동안 찾아보지 못한 언니도 볼 겸해서 모과차를 만들기 위해 모과를 다듬고 있는데 연락이 왔다. 언니가 세상을 떠났단다.

'붙뜰'이라는 이름처럼 자신의 인생도 붙잡지도 못하고, 몸부림치며 다시 얻은 이름으로도 예쁘게 살아 보지도 못한 채 떠나 버린 언니! 처음부터 '성예원'으로 살았다면 세상의 고달픔만 붙잡지 않고 행복을 붙잡았을 텐데 하는 안타까움이 든다. 50세의 짧은 삶을 살다간 언니는 삶과 죽음의 갈림길에서 '예원'이라는 이름에 그나마 희망을 걸고 행복했을 것이다.

세간의 입에 오르는 유명 인사들의 이름을 새삼 되짚어본다. 과연 이름이 좋아서인지, 아니면 자신의 이름을 빛내기 위해 열심히 살아온 삶의 결과인지는 알 수는 없지만 이름 석 자의 중요함을 다시금 느끼게 한다.

돌아서는 발길 아래 펼쳐진 오색의 단풍이 온몸에 전율처럼 번져왔다. 고운 단풍을 보니 기분이 한결 가벼워졌다. 야트막한 오솔길을 따라 내려오는데 어디서 날아왔는지 노란 카나리아가 고운 새소리로 허한 마음을 녹이며 날아간다. 그 소리에 발길이 멈추어졌다. 그녀가 정말로 산새로 윤회된 것일까? 돌아오는 내내 새소리가 귓전에서 떠나질 않았다.

돌아올 수 없는 강

한동안 뜸했던 지인에게서 반가운 소식이 왔다. 그녀의 장남 결혼 소식이었다. 서로가 바쁜 삶을 살아가고 있는 터인지라 아들이 벌써 결혼을 한다니 세월이 참 빠르다는 걸 실감한다. 들녘에는 벼가 고개를 숙이고, 사과는 더욱 빨갛게 물이 오르며 탐스럽게 익어가고 있다. 아울러 나의 몸도 함께 살이 올라 결혼식에 마땅하게 입을 옷이 없어 이 기회에 새 옷을 장만하기로 했다.

계절이 바뀔 때마다 가끔 들르는 매장에 들어서니 첫눈에 가을 분위기가 한껏 나는 원피스가 눈에 띈다. 원피스에 어울릴 만한 스카프와 가죽 재킷을 걸쳐보며 옷 고르기에 여념이 없는데, 내 나이로 보이는 여자 고객이 갈색 원피스 위에 남색 가디건을 걸치며 마음에 꼭 든다며 주인에게 계약금을 건다. 내일 다시 올 테니 찾는 사람이 있어도 팔지 말라며 주인과 약속을 하는데 얼굴이 완전 밀빛이다.

"누가 옷을 사준다기에 계약금만 걸어 놓을게요"

몸은 그런대로 마르지 않았지만 목소리는 힘이 없었다.

"참, 좋으시겠다. 옷을 사주신다는 분이 있으시니……."

내심 부러운 듯 말을 걸자

"옷만 좋으면 뭘 해요. 몸은 이미 다 망가졌는데……."

그러고 보니 그녀의 얼굴에 수심이 가득해 보였다.

"지난 7월에 담도암 4기 진단 받았네요. 이미 임파선까지 전이가 되어 손을 쓸 수가 없다고 하는데, 몇 번 방사선 치료를 받아서 조금 좋아졌다고 옷을 사준다 하네요." 세상 모든 걸 다 사준다 한들 기쁨이 없을 것 같은 그녀는 57세란다. 낙심이 가득한 그녀를 위로했지만 그녀의 건강은 예전으로 되돌릴 수 없어 보였다. 암 선고를 받은 후 충격으로 무섭고 두려웠지만, 모든 걸 내려놓으니 지금은 오히려 편안하다며 억지 웃음을 보이며 매장을 나갔다.

나는 그녀의 침착한 수행 앞에 잠시 넋을 잃었다. 한동안 그녀가 부려놓고 간 삶의 무게가 내게로 전이되어 왔다. 무엇이 그녀에게 삶의 무게를 더한 것일까?

나와 상관없는 사이인데도 언 가슴 위로 슬픔이 밀려왔다. 앞으로 빠르면 몇 달, 하늘이 허락한다면 몇 년, 힘없이 쓰러질 운명이 처연하기만 했다. 모든 생물에게 죽음은 저주임에 틀림없다. 억겁의 시간 속에서 삶은 한순간의 찰나에 불과한 것일까.

그녀와 같은 병으로 가족을 떠나보낸 지 어언 10년이 지났다. 마음에 핀 꽃은 빛이 바래지 않는 법이다. 그를 보낸 뒤, 한동안은 이렇게 밥을 먹어도 되는지, 이렇게 잠을 자도 되는지, 마치 갱도를 뚫으며 광맥을 찾아 들어가는 광부와 같은 시간이었다. 한순간 빛남으로 끝난 생은 내게 더 많은 눈물의 별비를 내리게 했다. 그 슬픔은 아직도 내 주위를 천천히 맴돌며 공중으로 흩어지고 있다.

오늘 같은 이런 기분이 들 때마다 내게 허락된 것들이 있다면 아끼고 싶지가 않을 만큼 깊은 외로움이 찾아든다. 외식, 쇼핑, 여행 등 삶이 팔딱거리는 곳이라면 어디든지 찾아가 위로를 받고 싶어진다.

나는 다시 더 큰 다른 매장으로 향했다. 매장 문을 열고 들어서니 새로운 세계가 열리며 신상품의 냄새가 폐부 깊숙이 들어왔다. 매장마다 물오른 인테리어와 조명은 조금 전의 기분을 잊게 해주었다. 지금까지 내 마음을 붙잡고 있던 순박한 믿음과 절제된 일상들이 한꺼번에 무너지며 무거웠던 시간이 지나갔다. 점점 시간이 지나면서 그녀에게서, 지난 어둠 속에서 서서히 벗어나고 있었다.

세월의 강을 건너간 자는 말이 없지만, 그 강에 남아 있는 사람은 그리움과 회한에 잠들지 못한다. 세월의 강을 건너지 못한 남은 자의 슬픔을 알기에 그녀가 너무 빨리 떠나질 않기를 빈다. 매장을 나서며 나는 다시 그녀와 현실의 문턱을 무겁게 넘어가고 있었다.

숙희

     해마다 학생이 줄어드는 고향의 초등학교 존폐 여부를 두고 동문회에서 임시총회가 있다는 연락이 왔다. 뜻하지 않은 소식에 만감이 교차했다. 천변만화하는 도시에서 나무처럼 물결처럼 천천히 살고 싶을 때마다 그리워하던 모교였다. 교정을 떠올리면 답답하던 시름도 잔잔한 서정으로 덜어 주었고, 주물처럼 무뎌져 있는 감성도 일깨워 주었다.

    혼잡한 세상으로부터 멀찍이 떨어져 있는 모교는 한때 7~8백 명의 학생들로 활기찼으나 지금은 전교생이 50여 명도 안 되는 분교에 지나지 않았다. 들길을 벗어나 교문에 들어서니 교실 앞 화단에 교목인 향나무가 온화하게 줄지어 있다. '부모산 옛 성터에 푸른 소나무 저 하늘 흰 구름에 희망을 싣고…….' 교가가 아직도 귓전에 울린다. 모교를 생각하면 아직도 내 안에는 꺼지지 않는 따뜻한 등불이 하나가 있다.

    문득, 그녀의 말간 얼굴이 더욱 그리워진다. 내 마음 깊은 곳에서 반짝이는 등불은 '숙희'였다. 늘 심안을 밝히는 그 빛은 그리움의 실체이기도 했다. 영롱한 두 눈빛, 하얀 피부, 단정한 옷차림. 반질반질한 검은 머릿결, 침착한 말투에다 성적은 1등을 놓치지 않았다. 모든 선생님들의 총애를 듬뿍 받으며 6년 내내 반장을 도맡았다.

5학년 겨울방학이었나 보다. 20여 분은 족히 걸어서 그녀가 사는 동네로 놀러 갔다. 밤이 이슥해지자 친구들은 뿔뿔이 흩어지고 혼자 남게 되었다. 거리는 점점 칠흑 같은 어둠이 찾아들고 혹한의 찬바람이 온몸에 스며들었다. 집으로 가려면 산길을 따라 오솔길로 접어드는 곳에서 상엿집을 지나야만 했다. 오금이 저려 소리도 못 내고 떨고 있을 때 어찌 알았는지 "무서워하지 마, 내가 데려다 줄게!" 숙희는 자기 오빠를 데리고 와서 나의 손을 잡았다. 그때 그녀의 따스한 한마디가 잊혀지지 않는다.

그 후 그녀는 사학을 전공해 중학교 역사 선생님이 되었다. 그녀가 가끔 고향에 내려올 때면 옛 추억을 이야기하며 시간을 보냈다. 그녀의 모습은 노을처럼 모든 잡색을 품어 안았지만 어지럽지 않고 고요했다. 그녀를 닮고자 하는 친구들도 많았지만 운명의 여신은 그녀에게만 손을 뻗었다. 결혼 역시 명문대 출신의 장교와 결혼했다. 영리하고 잘생긴 두 아들을 낳았고 교편 생활로 운명의 여신은 그녀의 후광을 더욱 밝게 비추었다.

"얼굴 예쁜 건 40일이면 배부르고, 성격 예쁜 건 40년이 지나도 배고프다."는 말도 있지만 그녀에게만은 예외였다. 결혼 후 그녀와의 만남은 거의 없었다. 간간히 통화로 안부를 알 수 있었다. 마지막 통화 속에서 그녀가 시어머니와의 갈등으로 힘들다는 이야기를 들었을 뿐이었다.

그러던 어느 날 청천벽력 같은 비보가 날아왔다. "숙희가 암으로 세상을 떠났대……."

숙희가 죽었다고 생각하기엔 그녀는 겨우 40대 초반이었다. 거짓 같은 그녀의 소천으로 말미암아 며칠을 충격에서 벗어날 수 없었다. 그렇게 믿었던 행운의 여신은 무엇을 한 것일까? 꽃이 아름다운 만큼 슬프고, 향기는 취할수록 허기를 주는 것처럼 허한 마음은 무엇으로 채울 수 없었다. 그녀처럼 한순간의 빛남으로 끝날 짧은 생이라면 이토록 치열하게 살 이유가 없을 것 같았다.

시간은 흘러서도 서툰 세상 뒤돌아볼 때마다 그녀는 등 뒤에 서 있었다. 보이지 않는 것과 보지 못하는 것의 간극은 의지로만 메울 수 없음을 깨닫는다. 그녀를 보내고 나서야 나는 비로소 비운다는 의미를, 익숙했던 것에서 벗어날 줄 아는 법을 알았다.

임시총회에서는 학교를 특성화시켜서라도 유지해야 한다며 후배들은 열변을 토해 내지만 별다른 대책이 없었고 애교심만이 회의장을 달구었다. 살며시 회의장을 빠져나와 학교를 둘러보았다. 그녀의 선명한 목소리가 운동장에 자박하게 깔려 있다. 교무실에서 교실로, 조회대에서 교문까지 그녀의 향기도 내내 따라 다녔다. 돌아오는 길, 그녀가 동행해 주었던 밤하늘에는 푸른 기억이 끝 간 데 없다.

도돌이표

거리에는 지난주부터 꽃피우기 시합이라도 하듯 발길 머무는 곳마다 울긋불긋 꽃들이 물들기 시작했다. 꽃분홍 그림물감을 쏟아 부은 듯한 패랭이꽃과 붉은 보석을 뿌려 놓은 듯한 잔디꽃이 물결을 이룬다. 차츰 여름으로 물들어 가는 산속에는 설한을 이겨낸 나뭇가지마다 유록빛 새순들이 혀끝을 내민 지 오래다. 양털 같은 봄바람은 살갗을 부드럽게 스치고 아직은 뜨거움을 감춘 햇빛은 그동안 쌓였던 피곤을 말끔히 씻겨 주었다.

반년 만에 만난 절친과 함께 하는 오후 한낮, 휴식을 찾아 떠나 근교에 있는 사찰로 향했다. 이름만 불러 보아도 편안함을 가져다주는 친구가 곁에 있으니 커다란 선물을 받은 양 설렘으로 가득하다. 바람 따라 흐르는 길 위에 마음 따라 몸을 싣고 실로 오랜만에 둘만의 여행이 시작되었다.

사찰의 입구에 들어서자 계곡을 따라 겹겹이 우거진 소나무에서 풍기는 솔향기가 코끝을 자극했다. 야트막한 돌계단을 오르니 사찰을 수호하고 있는 400년 된 느티나무가 우리를 반긴다.

일 년이면 서너 차례 다녀가는 이곳은 사계절 중 봄이 으뜸이다. 여기에도 각양각색의 들꽃들이 서로 앞다투어 봉우리를 터트리고 있다. 며칠이 지나면 더 많은 들꽃들이 이 사찰을 에워싸며 법당에서 울려 퍼지는 예불 소리와 함께 그 향기로 가득 채울 것이다. 석가탄신일이 되려면 아직도 멀었건만 대웅전 앞에는 벌써 형형색색의 연등이 걸리기 시작했고 공양미와 공양 화분이 법우들을 위해 준비되어 있었다.

우리는 법당 안으로 들어가 좁은 계단으로 이어지는 4층 꼭대기에 올라섰다. 유리창 너머로 구부능선의 탁 트인 전망이 눈앞에 펼쳐진다.

누군가 산을 바다라 했던가! 푸른 숲이 출렁이는 바다! 나뭇잎이 물비늘처럼 반짝이는 골짜기를 쪽배를 타고 바위 소리, 나무 소리, 바람 소리를 가슴에 담고 이 산 저 산을 횡단이라도 하고 싶어진다.

경내는 조용하면서도 엄숙했다. 언제나 생각 없이 지나쳤던 대웅전 외벽에 그려져 있는 벽화에 눈길이 멈추었다. 〈심우도〉 벽이 군데군데 떨어져 나가고 빛바랜 그림이 뭔가를 표현한 것 같아 궁금하여 보살님께 여쭈어 보고 그 해답을 찾아냈다. 〈심우도〉의 가르침은 곧 중생제도衆生濟度라 한다.

즉, 처음에는 온통 검은색으로 표현된 자신의 사나운 모습이 탐욕과 성냄과 어리석음의 삼독三毒의 때를 벗겨내고 차츰 하얀색으로 변화한다. 하지만 다시 자만의 덫에 걸리게 되고 더욱 수련을 한 뒤에야 더 큰 깨우침으로 공空의 경지를 이루게 된단다. 경지에 이르러서야 있는 그대로의 모습을 볼 수 있는 참된 지혜가 생긴다고 한다. 이러한 과정을 다 겪고 나면 비로소 복과 덕을 베풀고 살아갈 수 있다고 하는 부처님의 깨우침이라 한다. 이 상징적인 벽화를 보며 나 자신은 다른 사람을 위해 얼마나 덕을 베풀고 살고 있는지 자문해 본다. 욕심을 버리고 참된 나를 찾는다는 풀지 못할 어려운 숙제를 받은 듯 마음이 무겁게만 느껴왔다.

경내를 내려와 우리는 잠시 쉬기 위해 벤치에 앉아 차를 마셨다. 눈 안으로 펼쳐지는 들꽃마다 꽃 이름이 시선을 끌었다. 이름 없는 들꽃에도 사상과 진리가 숨어 있는 듯했다. 우리가 앉은 무릎 앞에 노란 수선화가 함초롬히 자태를 뽐낸다.

정호승 시인의 「수선화에게」. 왜 하필 그 시가 생각이 났을까? 이처럼 좋은 날 그 어떤 아픔도 슬픔도 모두 거두어 갈 것 같은 이 순간에…….

울지마라 외로우니까 사람이다
살아간다는 것은 외로움을 견디는 일이다
공연히 오지 않을 전화를 기다리지 마라
눈이 오면 눈길을 걸어가고
비가 오면 빗길을 걸어가라
갈대숲에서 가슴 검은 도요새도 너를 보고 있다

- 「수선화에게」 일부

작은 목소리로 생각나는 대로 읊조리자 친구는 "내 마음을 그대로 표현했을까." 하며 한숨과 함께 말문을 열었다. "친구야, 사실은 요즈음 내가 딸아이 사랑에 홍역을 앓고 있단다." 친구는 이미 식어버린 커피를 마치 쓴 약처럼 한 모금 삼켰다. 이유인즉슨 서른 살이 된 딸아이가 처음으로 사랑에 빠진 남자에게 마음의 상처를 받고 있다 한다. 까닭은 어느 한 곳도 흠잡을 때 없는 딸아이지만 신체의 일부에 화상으로 인한 장애가 남아 있기 때문이란다. 뒤늦게 그 사실을 안 남자가 자신도 그 괴로움에 어쩌지 못하고 번민과 고뇌의 시간을 보내고 있다고 했다.

지금까지 자존감 하나로 버텨왔던 딸아이의 마음은 자꾸만 허물어지고 남자는 그 나름대로의 현실을 받아들이기 위해 자신과 싸우고 있는 듯하다고 했다. 그러나 자꾸만 멀어져 가는 그를 기다리며 오로지 남자의 결정에 따라야만 하는 딸 곁에서 친구는 딸 못지않게 가슴앓이를 하고 있다고 했다. 돌 무렵부터 지금까지 딸아이로 인하여 단 하루도 가슴 아프지 않은 날이 없다던 친구가 혼기를 앞둔 딸자식의 장래가 회한과 걱정으로 남아 밤잠 설치는 날이 많아졌단다. 그저 바라볼 수밖에 없던 현실이 빈 가슴에 모래알 같은 쓰라림으로 훑어 내린다 하며 눈가에 눈물이 맺힌다.

친구의 사연을 듣고 나니 가슴이 저려왔다. 우리는 한참을 말이 없었다. 모두가 내 자식 같아 누구도 탓할 수 없는 현실이 안타깝기만 했다.

다시 경전에서 스님의 예불 소리가 흘러나온다. 머릿속으로는 많은 말을 건네고 있지만 입으로는 침묵만 흘렀다. 가슴속 딸을 위로하고 싶었다.

딸아! 인생의 길을 잃어버린 지금 이 순간, 인생의 길을 걷다가 길을 잃어 어디로 가야 할지 몰라 그 자리에 머물러 서 있는 딸아, 그 시간과 공간 속에서 밀려드는 외로움이 얼마나 괴롭고 슬프겠니? 숲속의 새가 지저귈 때도 내가 기쁘면 노랫소리로 들리고, 내가 슬프면 울음소리로 들린다 한다. 첫사랑을 이룬 기쁨만큼 이별은 더욱 아프겠구나!

그럴 땐 말이다. 마음에 비쳐진 그대로의 모습으로 거울 속에서 나만의 세상이 되어보렴! 나만 이런 세상 속에서 살고 있는 것 같지만 모두가 지독한 외로움을 견디며 살아가는 것이란다. 나에게 닥친 길운이든 불운이든 피할 수 없는 일이라면 차라리 편안한 마음으로 맞이하고 순리대로 지나가도록 기다리는 것이 지혜로운 삶이 아닐까 한다. 가만히 다시 한번 자신을 뒤돌아보고 아무 일 없는 것처럼 살아가는 것이다.

딸아! '공연히 오지 않을 전화를 기다리지 마라. 눈이 오면 눈길을 걸어가고 비가 오면 빗길을 걸어가라' 하지 않았니? 마음이 시키는 대로 살다 보면 반드시 행복한 날이 찾아올 것이다. 용기를 잃지 말고 순리에 따라 살아가거라.

나는 친구에게 어떠한 위로의 말보다 손을 잡아주는 것으로 대신하며 모든 것은 시간이 해결해 줄 테니 지켜보자는 말만 되뇌었다.

잠시 후 우리는 경내로 이어지는 오솔길을 걸었다. 마른 솔잎이 쌓여 있는 숲길이 발바닥 아래로 느껴왔다. 한 걸음 한 걸음 작은 걸음으로 둘이는 조금 전 어두운 분위기를 벗어나 딸의 해답을 찾아내기라도 하듯 기도하는 마음으로 걷기만 했다. 딸아이가 상처 나기 전의 모습으로 되돌아갈 수 있다면 삼천 배 아니 삼백만 배라도 하고 싶다 했다. 누구나 되돌아 갈 수 있는 시간이 있다면 무슨 여한이 남겠는가? 되돌아 갈 수 없기에 다른 길을 선택하며 살아가는 것이 인생이던가.

머리 위 나뭇가지 틈새로 봄빛이 들어와 온몸을 비추었다. 폭염과 혹한을 이겨낸 자연의 아름다움을 보며 모든 어려움을 그저 견디며 살아가다 보면 제 스스로가 해결책을 찾아내는 지혜가 생겨 나오리라 믿는다. 사랑, 그 귀함보다 더욱 빛나는 영혼으로 빛나는 자아自我를 찾아 더 행복하고 기쁨이 넘치는 삶이 찾아올 것을 기대한다. 그러면서도 마음 한쪽에서는 그 사랑이 도돌이표가 되어 돌아왔으면 하는 마음이다.

대천 스케치

광복절과 여름 휴가가 겹친 8월이다. 여름 휴가철이 되면 잠시나마 무더운 도심을 탈출하여 어디로든 떠나고픈 마음에 가슴이 부푼다. 그동안 혹사당한 몸과 마음에 쌓여 있는 피로를 풀어야 남은 일상을 활기차게 살아갈 수 있을 것 같기 때문이다. 마음은 벌써 갈매기 떼가 끼룩거리는 바다를 향해 있었다. 내일이면 그리움과 설렘을 품어 안은 바닷가에서 수평선 너머로 사라지는 환상의 낙조를 감상할 수 있으리라!

다음 날 대천으로 향하는 휴가 길은 공교롭게 폭우가 동행했다. 굵은 빗방울이 차창 유리를 부숴 버릴 듯이 쏟아져 내렸다. 한 치 앞도 분간할 수 없는 장대비로 핸들 잡은 두 손은 긴장과 두려움으로 떨고 있었다. 되돌아갈까 하다가 다시 마음을 다부지게 먹고 가속 페달을 밟았지만 두 다리는 긴장감으로 떨고 있었다. 그렇게 얼마동안 달리자 거짓말같이 하늘이 맑게 웃었다. 얼마나 가슴을 졸였는지 등줄기에 땀이 흥건하게 젖어 있었다. 온몸에 긴장이 곧 사라지면서 다시 즐거운 여행길이 시작되었다. 오랜만에 친구와 단둘이 하는 여행길에 변덕스러운 날씨는 큰 체험이 되었다.

저녁이 되어서야 해수욕장에 도착했다. 우선 예약해 놓은 숙소에 짐을 풀고 항구로 향했다. 멀리 수평선이 보이는 횟집 창가에 자리를 잡고 펄펄 뛰는 활어회 한 접시와 킹크랩을 주문했다. 이제, 막 저녁노을이 해변을 아름답게 물들이기 시작했다. 폭염과 폭우로 고단한 하루를 보내고도 혼신의 힘으로 불태워 만든 노을이 경이롭다. 한참을 멍하니 망중한에 취해 마음을 빼앗기고 나니 사라진 노을 뒤로 쓸쓸함이 몰려든다. 너무나 행복하면 슬픈 것처럼……

수십 년 전 이곳에 왔을 적에는 앞자리에 친구 대신 그가 앉아 있었다. 그를 처음 만난 것은 직장에서 첫 휴가를 받아 친구와 함께 이곳에 도착해서였다. 여자 둘이 민박도 아닌 야영을 하기에는 두려움도 많았고 어려운 점도 많았다. 우선 텐트를 쳐야 했는데 처음 해보는 작업이라 서툴고 어색하기만 했다. 그런 우리를 보고 옆에서 야영을 하던 그가 도와주겠다며 신사도를 발휘했다. 아담한 키에 정이 깃든 얼굴, 자상한 매너와 편안한 말투가 낯설지 않았다. 그렇게 만난 우리는 친구로 지내며 낯선 휴양지에서 휴가를 만끽하며 보낼 수 있었다.

휴가의 마지막 전날 석양도 오늘처럼 아름다웠다.

"하늘이 붉은색으로 채색되니 정말 환상적이야!"

"마치 달콤한 오렌지 향이 툭 터져 온몸을 적실 것 같지?"

대천에 붉은 입술이 닫히고 달빛으로 채워지는 해안가는 불꽃놀이로 절정을 이루었다. 우리는 언덕 위에 위치한 야외 테이블에 앉아 밤하늘 높이 솟아오르는 불꽃을 바라보며 각자의 생각에 잠겼다. 다음 날 아침, 너무도 순수했던 그는 작은 쪽지에 연락처를 손에 건네주고 그리움만 남긴 채 추억의 해변을 떠났다.

그를 다시 만난 건 가을 학기가 끝나갈 무렵이었다. 서울에서 하숙을 하고 있었던 그가 졸업 작품전에 초대를 한 것이다. 지난여름 우리가 만났던 그 해변에서 불꽃놀이를 바라보면서 기획하고 설계해 보았던 비치호텔이라며 작품을 설명해 주는 게 아닌가? 또한 먼 바다를 배경으로 그린 조감도에는 그날 보았던 붉은 황혼이 작품 속을 가득 채우고 있었다. 섬세하게 드로잉한 설계도면 속에는 그의 꿈과 미래가 연필 자국과 함께 선명하게 그려져 있는 듯했다.

공과대학을 졸업한 그는 내게 우리의 제2의 인생을 스케치해 보자며 청혼을 했다. 며칠을 생각한 나는 그와 함께 스케치 된 삶의 밑바탕 위에 같은 생각, 같은 마음을 섞어 채색을 한다면 아름다운 작품이 될 것도 같았다. 혹여, 상상하지도 못했던 고통과 쓰라림이 덧칠되어 실패할 수도 있겠지만 곧 그것은 기우에 불과할 것이라는 생각이 들었고, 그와 함께 그렇게 황혼을 맞이할 무렵이면 나름대로의 걸작이 되어 삶을 장식할 수 있을 것 같았다. 그렇게 그와 같이 새하얀 백지 위에 스케치를 시작하기로 마음먹었다. 세상에 하나뿐인 단 하나의 작품을……

그러나 그는 나와의 인생에 채색을 다 끝내기도 전에 혼자만의 먼 길을 떠나고야 말았다. 채색하던 붓도 놓아 버렸고, 마음의 문도 닫아 버렸다. 길고 험한 늪을 헤매던 어느 날 문득, 몇 해 동안 보지 못했던 그날의 저녁노을을 보게 되었다. 모든 잡색을 보듬고 신비스러운 색채를 내뿜는 노을을 바라보자 황량했던 가슴이 뜨거워 오는 걸 느낄 수 있었다. 혼신을 불태운 저곳에 어쩌면 천상에서 영원한 생명을 잉태한 그의 영혼이 숨 쉬고 있는 것만 같았다. 그 순간, 세상으로부터 닫혀 있던 문이 열리고 붓을 다시 들어 올리고 싶은 충동이 일어났다. 이런 마음은 어쩌면 죽음과도 같은 깊은 터널 속에서 빠져나오지 못하는 내 존재의 가치를 일깨워주려고 그가 내 마음을 움직였던 것이 아닐까 싶었다. 그 후로 노을은 나를 변화시켜 주었다.

　내게 있어 스케치는 새로운 시작을 의미한 것이며, 채색은 내가 살아 있음을 말해준다. 인생의 후반이 된 지금은 삶의 이치와 깨달음으로 덧칠하고 있다. 그와 계획했던 작품이 다를지라도 나의 작품을 보는 이들에게 편안함과 여유로움을 줄 수 있는 작품을 만들어가고 있는 중이다. 지금, 노을 지는 저 바다를 바라보며 그의 모습을 한껏 품어 안는다.

금수저

　　은행이 기업에 대출을 해 주기 전에 기업의 현재 가치를 파악하는데 중요한 지표로 재무제표를 본다. 이런 정보는 경리 업무를 해 보지 않은 사람은 다소 생소할 수 있지만 나는 30여 년 동안 경리를 보다 보니 무엇을 보든 우선 돈의 가치로 볼 때가 많다. 이러한 습관 때문에 한때는 사람 사이의 관계에서 맹목적으로 사랑한다는 건 불가능한 일이라 생각했다. 무형이든 유형이든 무엇이든 주고받는 데서 맺어지는 것이지 결코 맹목적일 수 없다는 어리석은 생각을 했었다. 무엇이든 맹목적으로 사랑할 수 있다면 삶을 단순하고 여유로운 마음으로 살아갈 수 있을 텐데 말이다.

　　나의 셈법은 운전 중에도 시야로 들어오는 건물들을 보면서 '저 건물은 대략 얼마 정도의 가격이 나가겠네' 심지어는 저 건물에 저당권이 얼마나 잡혀 있을 것이라는 것까지 눈에 들어오니 직업은 속일 수가 없나 보다. 요즈음 출퇴근하는 길가에 잘나가던 공장들이 비어 있는 채로 매매 광고가 나붙은 것을 보면 괜히 걱정이 앞선다. 자신도 모르게 나타나는 버릇 때문에 지인들 중에는 이런 나를 보고 '물이 너무 맑으면 고기가 없다'며 적당히 살라는 말을 듣기도 했다. 지금에 와서 생각하면 그 생각이 얼마나 어리석었는지를 깨닫는다.

가끔은 눈을 감고 나의 대차대조표를 그려본다. 나의 자산이라고 해야 월급, 아파트, 자동차, 텃밭 한 뙈기가 전부이다. 그리고 부채로는 주택융자금, 카드 값, 결혼을 앞둔 두 아이의 결혼 자금까지 합하면 저울추는 언제나 부채 쪽으로 기운다. 아직은 건강한 육체와 정신을 갖고 있기에 큰 걱정하지 않지만, 노후의 부담감은 레일 위를 걷는 것처럼 아슬아슬하기만 하다. 나의 재무구조를 평가를 해보니 요샛말로 금수저가 아닌 셈이다. 그러나 실망하지 않는다. 왜냐하면 기본적으로 많은 걸 소유하지 않았으니 기회비용도 적기 때문이다. 잃을 것이 별로 없는 용기 때문에 실망과 좌절이 찾아와도 현실을 받아들이고 좋지 않은 지난 일들은 오래 간직하지 않는다. 다행히 우직한 소신 덕택에 희망과 기대를 재구성하며 성숙해질 수 있었다.

그저 세금 제때 잘 내고, 은행에 연체되지 않고, 제때에 카드 값 상환하고 있으니 잘 살고 있는 게 아닌가 한다. 나는 다른 방법으로 등급을 올릴 수 있는 긍정적인 방법을 떠올리며 마음이 밝아졌다. 건강, 사랑, 행복, 성실을 자산으로, 질병, 미움, 좌절을 부채라고 놓으니 저울은 균형을 이루었으나 사는 맛이 없다. 주름진 마음 위에 긍정적인 생각으로 지금의 삶을 놓고 보니 그런대로 만족할 만한 신용 등급으로 평가되었다.

신용 등급은 금융 거래에 있어서 신분증과 같다. 금융기관에서는 겉으로 보이는 물질로 평가를 하지만 삶의 등급은 마음의 중량이 우선되는 것 같다. 누구든지 연체 없는 사랑을 하고, 복리復利로 배려하며, 부정적인 생각을 대

출받지 않는다면 신용불량 없는 삶이 되지 않을까 한다. '이 세상 모든 것은 모두의 것이다. 아기 종달새의 것도 되고 아기 까마귀의 것도 되고 다람쥐의 것도 된다. 밭 한 뙈기 돌멩이 하나라도 그건 내 것이 아니다. 온 세상 모두의 것이다.' 아동 문학가 권정생 선생 시의 한 구절이다.

시골 교회의 종지기로 평생을 단칸방에서 기꺼이 흙수저를 자처하며 뼛속까지 박애주의 천사였던 선생을 떠올릴 때면 지금의 편안한 내 생활이 부끄러울 뿐이다. 살아오는 동안 누군가의 관계를 놓고 대차대조표를 만들어 손익의 경중을 따지고 살고 있는 것은 아닌지 다시 한 번 생각해 본다. 자신의 욕심을 버리고 베푸는 마음으로 살아간다면 이것이 곧 금수저가 아닌가 한다.

기우杞憂

매일 아침 출근길에 같은 장소, 같은 시간에 그를 만난다.

사십대 후반에 작달막한 키, 반백의 짧고 헝클어진 머리카락, 세월의 흔적을 말해주는 깊은 주름과 검버섯이 잔뜩 깔린 얼굴, 검정 고무신에 절룩거리는 걸음걸이, 왜 하필 이 사람에게 눈길이 가는지 알 수가 없다.

그를 처음으로 본 것은 수년 전 출근길에서다. 리어카에 산더미처럼 폐지와 고물을 싣고 힘겹게 오르막길을 오르고 있었다. 얼마 가지 않아 차도 위로 폐지가 흩어져 나뒹굴었다. 줄지어 지나가던 차량들이 곧 멈추어야만 했다. 그는 다리를 절룩거리며 쏟아져 내린 폐지 뭉치를 주우려고 도로 한복판으로 달려들었다. 바쁜 차량들 틈에 끼어 정신없이 오락가락하며 폐지를 다 줍고서야 차량은 운행되었다. 그 모습을 보니 가슴이 미어져 한 모금의 물로 달랬다. 매일 아침 바쁜 출근 시간 발목을 잡는 일은 그 뒤로도 몇 번을 더 치러야 했다. 그럴 때마다 불편하다기보다는 그가 측은한 생각이 들었다. 저렇게 많은 폐지를 줍기 위해서는 새벽잠을 참아가며 얼마나 많은 골목을 누볐을까. 저런 모습으로 밖에 나올 수 없었던 것은 당연한 일이다. 불편한 몸과 지적장애를 안고 세상을 살아간다는 것이 결코 녹록지 않을 것이다. 리어카 안에는 꼭두새벽부터 힘겹게 보낸 그의 노고가 가득 실려 있다. 폐지 높이만큼이나 쌓여 있는 설움과 질곡의 삶을 언제쯤이면 내려놓게 될 것인가!

오늘은 주택가 좁은 골목길에서 제멋대로 굴러가는 유모차를 끌고 버려진 폐품을 줍는 할머니를 만났다. 굽어진 허리에 걸음조차 힘겨워 보이는데도 할머니는 하루를 지켜내야 하는 의무감이라도 있는 듯 열심을 다 한다. 노인을 보면서 그가 감내해야 할 삶의 무게가 내게로 전이된다. 노후라는 거인을 생각할 때면 현실 앞에서 한없이 작아지는 나를 만난다. 지금까지 비교적 잘 살아왔다고 하지만 언제까지 지속될지는 아무도 모르기 때문이다.

나와는 무관한 사람임에도 불구하고 그들이 걱정이 되는 이유는 무엇 때문인가?

질곡의 세월을 살다 사라진 방영웅의 장편소설 『분례기』를 읽고 난 후로 뇌리 속에 아직도 그 내용이 문신처럼 남아 있다.

변소에서 태어나면 이름에 '분'자가 들어가야 한다는 속설 때문에 분례로 이름 지었으나 똥례로 불리었던 그녀. 노름꾼인 아버지와 집안일을 하지 않는 어머니 때문에 궁상맞은 생활은 그녀가 과년한 처녀가 될 때까지 계속된다. 어느 날 산에 땔나무를 하러 가던 중 고자로 알려진 먼 친척인 용팔이에게 처녀성을 읽고 아버지와 함께 노름판에 어울리는 노름꾼인 애꾸눈 홀아비 영철이의 후처로 들어간다. 거들떠도 안보는 남편 영철이로 인해 혼자 보내는 밤에는 쥐를 돌보며 외로움을 달랜다. 쥐와의 대화를 듣고 외간 남자와 정분을 통한 것으로 오해를 받아 영철에게 두들겨 맞은 분례는 실성을 하며 집을 나가 방황한다. 영철이가 그녀를 친정에 데려다주자 어머니가 굿판을 벌이는데, 굿판이 끝나자마자 기생이었다가 미쳐버린 옥화의 뒤를 따라 사라진다.

비록 소설의 배경이 술과 도박이 범부의 일상이었던 시대이긴 하지만 분례의 삶은 고통과 고난의 연속이었다. 단 한 번도 호사 없었던 삶을 읽으며 많은 생각이 들었다.

박스 줍는 일로 생계를 이어가는 그와 분례는 삶의 형태가 다를 뿐, 질곡의 삶을 산다는 것은 시대가 변하여도 어둠의 일부로 남아 있게 마련이다. 이러한 주변 사람들의 삶의 곤곤함을 볼 적마다 그 시련이 나를 피해 갈 수 있다면 다행이겠지만 어쩌면 노후에 내게도 올 수도 있겠다는 걱정이 앞섰다. 이 생각은 나를 한동안 끈질기게 괴롭혔다. 가장 거칠고 어둡고 원시적인 현실을 살고 있는 이들에게 꿈과 희망이 있을까.

그러던 어느 날, 노동의 실체에 대하여 긍정적인 힘을 발견한 계기가 있었다. 삶이란 일할 때보다 놀 때가 더 행복한 것은 아니라는 것을, 무엇에 빠져 있을 때, 무엇인가 할 수 있을 때 살아 있는 기쁨을 갖는다는 것을 알게 되었다. 폐지를 줍는 그 시간이 그에게는 행복한 시간일 수도 있겠다는 생각이 든다.

'분례'의 질곡의 삶 속에도 원초적 본능과 생명력은 인간으로 태어난 존엄성을 부여받았기에 살아가야 할 이유가 있었다. 비록 고립이었고 어둡고 거친 삶이었어도 작가는 '해 뜨는 나라'를 찾아 떠나라는 암시를 통해 운명을 개척하길 바랐는지도 모른다.

    Ficton은 Nonficton에 의해 작성될 뿐 각자가 살아가는 모습에 귀천을 논한다는 것은 참 어리석은 일이었다. 이제는 어떠한 고난도 두렵지 않다. 그저 내게 주어진 삶을 충실하게 사는 것이 잘 사는 것이 아닌가 한다.

| 장이 익어가는 마을

수석

    며칠 전 지인으로부터 수석_{壽石} 2점을 선물 받았다. 그중 한 점은 주먹보다 조금 큰 수석으로 정면에서 보면 태아의 모습이지만, 어떻게 보면 어미가 아기에게 젖을 물리고 있는 모습이기도 하다. 옆으로 보면 로댕의 〈생각하는 사람〉 조각상을 닮기도 했다. 수석을 바라보면서 이 자그마한 돌에서 여러 가지의 추상미를 발견할 수 있다니 기이하고도 신비스러웠다.

    보는 위치와 각도에 따라 그 형상을 달리하는 수석에 어울릴 만한 공간을 찾다가 거실의 하얀 벽을 배경으로 테이블 위에 올려놓았다. 하얀 벽에 더욱 돋보이는 검은 마리아 상은 바라만 보아도 마음이 숙연해 온다. 단아하고 고요한 모습에 모나지 않은 동글동글 어여쁜 모양새는 많은 궁금증을 갖게 한다.

    무엇을 생각하고 있을까, 지나온 세월들을 생각할까, 자신의 현재 생활을 생각할까. 출생지는 어디이며 몇 살쯤이나 되었을까, 어느 산 어느 땅속에 묻혀 있다가 강물로 들어가 물에 씻기고 씻겨 여인의 형상으로 태어난 것일까. 애정을 갖고 바라보니 하나하나에 이야기가 되고 역사가 되었다. 단단하기도 하지만 무엇이든 다 받아들일 수 있을 만큼 부드럽기도 하다. 부드러움 속에 감춰진 유연함에는 모든 것을 포용하는 힘도 있어 보인다.

무슨 소원이든 들어 준다는 검은 성모상이 스페인 몬세라트 수도원에 있다. 검은 성모상에 손을 대고 소원을 빌면 소원이 이루어진다는 설이 있어서 모두가 유리벽에 손을 한 번씩 대고 소원을 빈단다. 오는 9월이면 그 검은 성모마리아 상을 만나러 스페인에 간다. 여행의 설렘과 함께 마음은 이미 수도원에 가 있다. 그곳의 신비한 검은 마리아 상보다는 못할지라도 이 수석을 매만지며 가족과 지인들의 건강과 행복을 빌어본다.

또 다른 한 점은 엉덩이를 내리고 조용히 앉아 있는 강아지 모습이다. 세상에서 가장 아름답다는 슌스케 강아지를 닮은 것 같기도 하고 귀여운 아기 곰을 닮은 것 같기도 한 것이 내 마음에 쏙 들어와 앉았다. 적당한 수반이 없어 찾다 보니 언젠가 공방에서 만들었던 질그릇이 눈에 띄었다. 질그릇에 구입해온 금빛 모래를 가득 깔았다. 흙덩이에 불과했던 보잘것없고 때깔도 없는 질그릇에 수석을 얹어놓으니 제법 훌륭한 작품이 탄생했다. 질그릇이라도 무엇을 담느냐에 따라 가치가 달라짐을 새삼 느낀다. 보석을 담으면 보석함이 되고 쓰레기를 담으면 쓰레기통이 된다. 남들이 쓸모없고 하찮게 여기는 것일지라도 그것을 가치 있게 쓴다면 그것은 보석이 되고 보석함이 될 수도 있다. 인간의 마음에도 무엇을 담느냐에 따라 성인이 되기도 하고 폐인이 되기도 한다. 우리의 삶 역시도 인내하고 잘 갈고닦으면 진정 빛나는 삶이 되지 않을까 싶다.

운보의 집 정원에는 붓과 물감을 쓰지 않은 예술품이 있다. 풀내가 흠씬 나는 정원에 있는 수마가 잘 된 커다란 수석이다. 적송 분재와 조화를 이룬 수석의 아름다움에 절로 숨이 멎는다. 화백은 무언의 수석을 바라보며 절절한 고독과 절규를 이겨내고 소신공양으로 붓끝을 놀리며 도반의 세월을 보냈을 것이다.

수석은 시詩다. 보는 대로, 만지는 대로 몸값을 흥정하지 않으며, 오직 마음을 주고 손길이 닿아야 보는 이로 하여금 아름다움을 선사한다. 또한 후회와 갈등의 모든 경계를 지우며 뉘우침과 용서로 예술의 향기를 피운다.

물이 흘러야 참모습의 빛을 내는 수석에 물을 뿌린다. 위로부터 내리 타는 물에 수석이 살아 움직여 내게로 다가오는 듯하다. 외부 압력에도 흔들리지 않는 수석에서 중심을 배운다. 중심은 나의 몸을 바로 세우고 가족의 마음을 잡아주고 가문을 일으켜 세워 한 나라를 굳건히 하는 데도 한몫을 한다. 만고풍상을 다 겪으며 모진 세월과 함께 영구 불멸의 모습으로 덕성을 품은 돌은 말이 없어도 많은 가르침을 준다.

하얀 거실 벽을 등진 수석 덕분에 거실이 한층 품위 있어 보였다. 아마 뒷배경이 어둡고 고상했다면 수석은 분위기에 묻혀 돋보이지 않았을 것이다. 눈, 코, 입이 아무리 예쁘더라도 바탕이 검으면 제빛을 발휘할 수 없다. 바탕은 심성을 뜻하기도 한다. 사람도 심성이 곱고 깨끗해야 더욱 돋보인다. 수석에 문외한인 내가 성숙된 심미안으로 볼 수는 없지만, 수석을 통하여 품성을 가다듬고 인생의 참된 가치와 생활의 지혜를 배운다.

동짓달 그믐밤

　　겨울 성마른 바람이 얼굴에 온기를 거두어갈 때면 온 누리에 자박하게 깔린 박명薄明은 아우성치던 낮을 조용히 가라앉힌다. 모든 생명이 사기死期에 이른 듯 숨을 죽였다. 동짓달 그믐밤은 깊어가고 한 폭의 수묵화가 펼쳐지는 이 시간이면 조각조각 나누어져 있던 고향의 풍경이 한데 어우러져 애틋한 그리움으로 파도처럼 밀려온다.

　　된바람에 철 대문이 덜컹대고 샘가에 있던 양은 세숫대야가 마당을 굴러다니며 시끄러운 소리를 낼 때면 이불 속에서 혹은 다락방에 올라가서 박계형 소설 『머무르고 싶었던 순간들』과 『동짓달 그믐밤』을 숨어서 읽었다. 한창 사춘기에 호기심 강한 나는 아직 자아실현의 완성도가 미약한 나이였지만, 대부분이 불륜이거나 이루어질 수 없는 애절한 사랑 이야기가 내게는 신선한 충격이었고, 처음으로 느껴보는 야릇한 감정이었다. 다소 황당한 설정과 갈등의 요소에 열다섯 살 나는 달떴고 사랑을 품었다.

　　톨스토이와 셰익스피어 전집, 아르센 루팡 전집에 빠져 있던 나는 박계형 작가의『동짓달 그믐밤』을 읽을 때면 어머니의 젖무덤같이 넉넉하고 포근했다. 질펀한 충청도 사투리 대사는 더디게 살아가도 괜찮을 것 같은 느낌을 주었다. 갈등은 있지만 인정이 있고 빈곤했지만 비굴하지 않았다. 매일 밤 전집에 파묻혀 미래에 찾아올 사랑을 꿈꾸며 모노드라마를 연출하기도 했다. 미지의 세계에 대한 새로움을 갖기 위해 옛것을 아낌없이 버리는 법도 배웠다. 그렇게 밤바람을 타고 피어나는 홍매화처럼 나는 숨어서 피어났다. 박계형 작품은 세상에 그 어떤 방법으로도 풀 수 없는 사랑의 방정식을 쉽게 풀 수 있는 비법을 찾아주었다. 다른 사람들은 몰라도 적어도 나에게는 그랬다.

질곡의 세월을 살아가는 것은 예나 지금이나 다른 게 없는 것 같다. 고향에는 지금도 나이가 들어 세상으로 떠난 사람들 말고는 대부분이 그대로 고향을 지키고 살아가고 있다.

얼마 전 고향 소식이 들려왔다. 더부실에서 시집온 그녀는 내가 결혼하기 전에 알고 지내던 사이였다. 마을 우물가 옆에 울도 담도 없는 집에서 한쪽 귀가 어둡고 건강도 온전하지 못한 남편과 노모를 모시고 살았다. 작은 키에 동그란 얼굴, 부지런한 그녀 덕에 집안은 점점 온기를 찾았으나 불행히도 아이가 없었다. 몇 년이 지나 아이도 입양하고, 새집도 짓고 차도 구입해 나름대로 잘 사는 줄 알았는데 쉰 중반을 넘긴 나이에 자살을 했다는 소식을 듣고 놀라지 않을 수가 없었다. 숱한 세월에도 빛이 바래지 않을 것 같았던 그녀에게 한지에 먹물이 스며들 듯 질곡의 어둠이 빛깔도, 소리도, 풍경도 모두 무채색으로 만들지 않았나 싶었다. 그래도 남은 가족들은 여전히 자리를 지키며 살아가고 있다.

위 두 작품을 다시 읽고 싶어서 도서관을 찾아갔지만 안타깝게도 『동짓달 그믐밤』은 비치되어 있지 않았다. 다행히 『머무르고 싶었던 순간들』은 고서적 서고에서 대출이 되어 읽게 되었다. 누렇게 얼룩지고 모서리는 닳았지만 세로로 인쇄된 책을 펴니 마음이 두근거렸다. 단숨에 읽은 느낌은 순수한 감정은 처음 읽었을 때 같지 않았지만 4~50년을 뒤돌아 간 것 같았다. 자궁암으로 죽어가는 '윤희'의 연애소설은 작가가 20대 초반의 감성으로 발표한 작품이다. 작가는 "제 작품이 부끄러워 숨고 싶었다."라며 집필을 중단했다. 하지만 부끄럽기보다는 성숙했다고 해야 옳을 것이다. 지나온 세월을 지금에 와서 돌아보면 정말 머무르고 싶었던 순간이 왜 이리지 많았는지 아쉬울 때가 많다.

'젊어서는 미래를 꿈꾸고, 나이 들어선 추억에 산다.'는 말이 있다. 정말 그런 것 같다. 그렇다고 추억에 매달려서는 안 되겠지만 가끔은 그런 날들이 기다려진다. 다가오는 순간들도 언젠가는 아름다움으로 장식될 것을 생각하면 오늘도 충실히 살아가야 함을 느낀다.

이렇게 기별도 없이 눈이 찾아오고 동짓달 그믐밤이 오면 군데군데 옹이가 박힌 소나무 장작을 서너 개 아궁이 속으로 집어넣고 송진이 타는 향기를 맡으며 책을 읽던 그 시절로 가고 싶은 마음 간절하다. 나의 본향인 그곳으로 가고 싶다.

만추

    친구의 딸아이 결혼식이 있는 날이다. 예식장은 수많은 인파로 누구의 축하객인지 구분도 못할 정도로 시끌벅적하다. 모두들 오랜만에 만난 반가움에 인사 나누기에 바쁘다. 연일 계속되는 맑은 햇살은 하늘 한복판에 커다란 브로치를 달아놓은 듯 눈부셨다. 지금부터 인생길을 함께 걸어가야 할 새신랑, 신부를 축복하는 듯 온 대지는 아름다운 계절의 본색을 드러냈다. 기다림에 비해 너무 빨리 끝나 버리는 예식은 늘 아쉬움이 많았다. 먼 곳에서 찾아온 친구들과의 헤어짐이 아쉬워 몇몇 친구와 초등학교 때 가을 소풍을 갔던 산을 산책했다.

    산길 초입부터 환하게 수놓은 단풍의 기세에 햇살마저 주춤하게 했다. 초등학교 친구처럼 가릴 것 없이 모든 것을 보여주고 있는 고운 계절의 산은 진한 향기와 빛깔로 우릴 맞이했다.

    초등학교 시절 이맘때면 소풍을 갔다. 장소는 해마다 가던 곳이지만 키가 크고, 마음이 넓어지는 만큼 기분은 매번 달랐다. 어머니가 챙겨주시던 김밥과 사이다 한 병, 그리고 용돈 오백 원이 전부인 소풍 날은 천하를 얻은 듯이 날아가는 기분이었다. 길잡이 선생님 뒤를 이어 전교생 행렬이 이어지는 산길에는 단풍이 붉다 못해 검게 타들어 갔고 산기슭에는 멍석딸기가 주렁주렁 매달려 탐스럽게 열려 있었다. 발자국을 움직일 때마다 수풀 속에서 메뚜기 떼가 푸드득푸드득 볶은 참깨처럼 튀어나갔다. 발바닥 밑으로 이름 모를 야생화가 무참히 짓밟히는 것도 모른 채 목이 터지도록 교가를 부르며 행군했다. 아끼던 운동화가 거친 나무뿌리와 칡덩굴에 걸려 더럽혀지고 헤져도 그저 신나기만 했다. 긴 행렬 뒤로 따라오는 아이스케키 장사꾼 아저씨와 갖가지 장난감과 군침이 도는 과자와 사탕을 가득 실은 장사꾼의 물건들을 힐끔거리며 뒤를 따라다녔다. 드디어 목적지에 도착하면 노점상 둘레에는 물건을 사려고 하는 교우들로 북적거렸다. 선생님의 호루라기 소리와 함께 학년 반별로 자리를 잡고 점심을 먹으며 노래와 장기자랑과 보물 찾기를 하며 지낸 추억을 모두가 똑같이 기억했다. "맞아, 그래, 그땐 그랬어!" 합창하듯 걸음 한번, 웃음 한번, 친구들의 웃음소리가 산길에 묻혔다. 이 가을에 또 하나의 추억이 쌓여지는 순간이다.

하루하루 저마다의 치열한 삶을 살아가는 우리들이다. 마음속에 문득문득 돋아난 그 산을 오늘도 오르고 있다. 험준할 뿐 아니라 빛의 속도에 따라 굴곡되고 바람의 속도에 따라 모양도 방향도 수시로 변해가는 산은 점점 각자의 삶을 지배하기 시작했고, 그 강산은 다섯 번, 아니 수없이 변했다. 대부분 친구는 남편들의 정년의 위기를 걱정하고, 자식들의 결혼을 염려하고, 갱년기 나이에 접어든 친구들은 하나같이 몸을 괴롭히는 병마와 씨름하느라 고통스러워하고 있었다. 그 높은 산을 넘어가기 위해 모두가 투쟁

하고 있다. 다행히 부부가 함께 오르는 산이라면 당겨주고 밀어주고 하지만 그렇지 못한 몇몇 친구들은 혼자서 그 가파른 산을 올라가야만 하니 그 정상이란 아득하기만 할 것이다.

이제 지천명을 겨우 넘긴 친구는 중병과 교통사고로 우리들 곁을 떠나기도 했다. 운명 앞에서 "인명은 재천"이란 말에 그저 하늘이 주시는 만큼 겸손하게 살아가야 한다는 것을 안다. 그러나 오늘만큼은 오랜만에 해후하는 친구들과 만추의 분위기와 경이로운 이 경치에 취해 걱정일랑 저 산 아래 놓고 오르런다.

웃음도 시간이 지나니 침묵으로 이어지고 조용한 걸음만이 마음으로 대화를 나누고 있었다.

구석구석을 다채롭게 수놓은 만추의 향연은 아직도 짙은 팔색조로 매력을 발산하고 있다. 이렇게 만날 수 있고 함께 경사를 나눌 수 있다는 것이 축복이고 믿음이다. 조금은 부족한 삶을 살아도 기운을 북돋아주는 친구가 있으니 다시 일상으로 돌아가 마음을 치유하고 무르익은 우정이 꿈처럼 음악처럼 곁에서 흐르기를 기대해본다.

지금, 그 옛길을 걷노라니 수백 년 된 고찰을 지나며 거창한 깨달음은 갖지 못하더라도 어렸을 적에는 보이지 않았던 빛깔이 보이고 살아온 세월의 무게를 깨닫게 된다. 겨울로 가기 전 온 힘을 다해 마지막 빛깔을 불태우는 단풍 같은 우리들, 이 시기가 지나면 평온과 안식만이 남아 정지된 호수처럼 흔들림 없이 살아갈 수 있지 않겠는가?

물 폭탄

　　7월이 시작되자 올 여름 휴가계획을 세웠다. 일찍이 펜션 예약을 해야 마음에 드는 곳을 차지할 수 있기 때문에 서둘러 아들에게 예약을 부탁했다. 벌써부터 휴양지 풍경이 눈앞에 아른거린다. 도심을 떠나 휴대폰, 인터넷 등 익숙한 현대 문명의 이기에서 벗어나 맑고 깨끗한 계곡물과 바람 소리에 귀 기울이며 야생화도 들여다보고, 읽고 싶은 책도 마음껏 보리라. 그러다 보면 보이지 않던 것들이 보이고 지친 마음에도 새 힘이 돋을 테지……. 삼굿 같은 날씨가 연일 이어져도 한 달 후면 시원한 계곡에서 망중한에 빠져 있을 것을 상상하면 저절로 즐거워졌다.

　　몇 달 동안 가뭄으로 농민들의 애를 태우더니 전날 밤 유례없는 폭우 재난문자가 한 시간에 한 번꼴로 딩동거렸다. 설친 잠을 깨고 TV을 켜자 긴박한 상황이 생생하게 보도되고 있었다. 창밖으로 장대비가 쏟아지는 빗줄기를 보니 금방 사단이라도 일어날 것 같은 불안감이 엄습해왔다. 시간이 갈수록 시내 도로 곳곳이 침수되어 교통이 마비되고 1층 상가와 주택에 물이 잠기기 시작하더니 6차선 대도로변에 물이 허리까지 차기 시작했다. 통제소에서는 오전 내내 홍수 경보를 내렸다. 무심천이 범람하여 이대로 한 시간만 더 비가 내리면 시내 전체가 위태롭다는 보도는 긴장감을 더욱 압박했다. 옹벽 붕괴로 학교 급식실이 반파되었다는 보도가 났다.

번뜩, 그 학교 가까이 비만 오면 누수로 마음고생을 하고 있는 오래된 건물이 염려되었다. 달려가 보니 역시나였다. 물 폭탄은 건물 옥상에도 떨어졌다. 배수구가 꽉 막혀 무릎까지 물이 차 있었다. 부랴부랴 응급조치를 하고 주택을 둘러보니 3층 복도를 타고 벽면으로 물이 빠르게 스며들고 있었다. 다행히도 방 안은 아직 괜찮았다. 집으로 돌아오니 비가 소강상태로 잦아들긴 했지만 저지대 상가는 거의 물에 잠겼고, 복대동 롯데마트 앞 사거리는 물바다 속에서 수십 대 차량들이 지붕만 보인 채 떠다니고 있었다.

이날 청주는 22년 만의 최대 홍수를 기록했다. 정전과 단수도 곳곳에서 벌어졌다. 하루 종일 도심 기능이 거의 마비됐다. 오후를 기해 충북의 호우특보는 해제됐지만, 수마水魔가 할퀴고 지나간 곳곳이 아수라장이 되고야 말았다. 조금 숨을 돌리고 나니 지인들이 걱정되었다. 근교에서 창고업을 하고 있는 문우님께 연락을 하니 그곳에도 창고마다 물이 차서 소방차로 뿜어내고 있는 중이라고 했다. 게다가 수년 동안 정성 들인 씨간장 항아리와 된장 항아리가 빗물에 둥둥 떠다녀 못 먹게 되었다 한다. 그래도 자신들은 다른 사람에 비하면 피해가 적은 편이라며 천만다행으로 여기고 있었다.

다음 날 한 달 전 예약한 펜션 주인에게 연락이 왔다. 이번 폭우로 화장실과 펜션 일부가 붕괴되어 계약을 취소해야 되겠다고 했다.

그다음 날은 올봄에 장 담그기 체험에 참가했던 체험장에서 고추장, 된장 항아리에 빗물이 들어가 아쉽게도 폐기해야 한다는 연락이 왔다. 물 건너간 휴가와 기대했던 장마 앞에 망연자실했다. 폭우의 상흔은 누구도 비켜가지 못한 것 같다. 이번 폭우로 현장을 목격하면서 사람도 삶의 무게를 견디지 못하면 무너질 수밖에 없다는 생각에 이른다. 질병이든, 실패든, 위기의 폭탄을 맞는 순간 빠져나갈 배수구가 없으면 몸과 마음이 붕괴되고야 만다. 살다 보면 피할 길 없는 사건 사고가 때때로 폭탄을 몰고 와도 마음의 분출구를 만들어 모자라지도 넘치지도 않는 알맞은 삶을 살아갈 수 있도록 다짐해 본다.

둔덕리 연가

증평 '들노래 축제' 행사장인 민속체험박물관에 도착하니 경
내에는 많은 사람들로 시끌벅적했다. 무대 위에서 난계국악단의 특별공연
이 진행 중이었다.

악기들의 어울림은 절로 어깨를 들썩이게 했다. 둔덕길 일대에는 민속
체험박물관을 비롯하여 대감 집과 초가집, 두레관 등이 자리 잡고 있었다.
시골의 향기가 배여 있는 고택을 보니 정겨웠다. 길 놀이패와 풍물놀이패
가 풍악을 울리고, 각설이 품바타령에 축제 분위기는 고조됐다. 한옥 체험
관에서 시조경창대회가 진행되고 있었다. 참가자들은 대부분 머리에서 발
끝까지 조선시대의 옷매무새를 그대로 재현했다. 깊고도 긴 호흡과 애끓는
목소리로 끊어질 듯 이어지는 노랫가락이 장내를 구석구석 휘감아 돈다.
시조에 나지막이 깔리는 대금 소리는 바람 소리, 춧소리, 새소리로 시리고
맺힌 음색으로 고독과 쓸쓸함을 더했다.

오후 5시가 되자 감자 캐기 체험이 있었다. 오천 원만 내면 감자를 캐 갈

수 있다는 말에 선뜻 접수를 했다. 참가자 중에는 감자를 한 가마니라도 캐낼 요량으로 몸뻬바지에 장화, 장갑, 그늘막 선캡으로 완전무장을 한 이도 있었다. 그러나 한 사람당 열 포기의 감자만 캘 수 있도록 깃대를 꽂아 놓았다. 폭신폭신한 흙 두덕에 호미질을 하자 뿌리를 따라 주먹만 하고 토실토실한 햇감자가 투명한 껍질에 싸여 뽀얗게 그 자태를 빛냈다. 여기저기서 수확의 기쁨을 나눈 사람들의 얼굴에 환한 웃음이 가득했다.

이틀 뒤 이곳을 혼자 다시 찾았다. 고풍스러운 박물관 돌계단에서 들녘을 바라본다. 인적이 끊어진 풍경은 적멸寂滅의 순간처럼 다가왔다.

보리밭 사잇길을 뻐꾸기 울음소리에 발맞추어 폴싹폴싹 흙먼지 날리며 타박타박 걷는다. 영화 〈봄날은 간다〉에서 "어떻게 사랑이 변하니?" 라는 말을 남기고 홀로 남게 된 상우는 강진의 보리밭을 찾아간다. 융단처럼 낮게 깔린 보리밭은 바람에 흔들려 넘실대는데, 그는 그 한가운데 서서 명상하듯 눈을 감은 채 헤드폰을 쓰고 소리를 담으며 미소 짓는다.

상우의 순정과 은수의 라면 사랑 같은 이기적인 사랑은 애초부터 이뤄질 수 없는 사랑이기에 함부로 애틋하게 다가왔던 기억이 있다. 무엇이 그를 그토록 미소 짓게 만든 것일까? 아마도 상우의 명대사는 역설적으로 떠나 있어도 은수를 향한 사랑은 변함없을 것이라는 다짐의 미소가 아닐까.

16년이 지난 지금, 그 해 봄날이 날 이곳으로 오게 하지 않았나 싶다. 보리밭 사이로 파룻파릇 냉이가 올라올 무렵의 청보리밭이었다면 더욱 좋았을 아쉬움이 있었으나, 누렇게 익은 황금 보리밭에서 서걱거리는 사랑의 결실이 가슴을 파고든다. 원두막 위에 앉았다. 화려했던 무대는 흔적도 없이 사라지고 남은 열기만이 다랑논과 뙈기밭을 떠돈다. 조용하고 한적해서 나만의 세상으로 부러울 것이 없는 오후다. 상형문자 같은 논에는 볏잎이 일제히 꼿꼿한 모습으로 줄기에 심지를 돋우고 햇볕을 견디며 푸르런 빛으로 수놓았다. 연잎으로 가득 찬 논둑에 섰다. 조용한 물속에서 온몸을 담그고 있는 막 피어난 때 이른 연꽃 한 송이를 손으로 당겼다. 세상 욕망에 물들지 않고 바람과 충격에도 부러지지 않으려고 안간힘을 쓰며 꽃을 피워낸 모습이 고고하다. 오수 바닥의 허물을 덮고 청정함을 내보이듯 내게 주어진 빛을 들고 누군가에게 다가가고 싶은 날이다.

아릿한 정서가 살아 숨 쉬고 삶의 의미를 찾으며 마음을 한껏 기대었던 둔덕리의 하루가 저물어간다.

호반에서

산보다 물을 좋아하는 나는 한 달에 한 번 자동차로 40여 분이면 만날 수 있는 호수로 간다. 한적하고 드넓은 이곳이 안식처이자 쉼터이다. 이곳에 오면 호수는 품 안에 숨겨둔 보석 같은 풍경을 보여준다. 새소리, 바람 소리, 물소리 이 낯설지 않은 풍경 속에 들어서면 갇혀있던 숨통이 확 뚫린다. 물을 보기만 하여도 마음에 평온함과 새로운 기운이 솟는다.

호수를 따라 만들어 놓은 둘레길로 들어선다. 따사로운 햇살이 입꼬리에 내려앉고 갈바람이 남실남실 등줄기를 간질인다. 가장 낮은 곳에서 가장 깊은 물을 담고 있는 고요한 호수가 속살을 드러낸다. 호수 가운데에서부터 풍겨 나오는 정기를 보고 있노라면 그림자처럼 따라다니고 있는 걱정과 복잡한 심정을 잠시나마 내려놓게 된다.

호수를 담은 이곳은 계절에 따라 다른 모습으로 변한다. 봄에는 은은한 영혼의 목소리를 들으며 햇살을 돋게 하고, 어린잎이 참새 혀끝만큼 자랄 무렵이면 새순을 따서 산객을 마중한다. 여름날의 신록이 우거져 산그늘이 호수로 내려오면 거꾸로 내려놓은 호수는 수줍어한다. 고기 떼의 뜨거운 사랑은 별만큼이나 많은 새끼를 잉태한다. 고기 떼가 축축하고 비린 암내를 풍기며 수풀 가까이 치어 떼를 뿌린다. 검은 번짐을 일으킨 치어 떼가 파문을 일으킨다. 노란 감 꽃잎 속에 숨어 자란 아기 배꼽 같은 땡감은 가을을 노래하기 시작한다. 나무들이 빨갛게 붓질한 잎사귀들을 산기슭에 온통 내다 버리는 가을이 시작되면 호수는 분주해지기 시작한다. 추운 겨울, 눈발로 희미해진 호숫가는 자연의 소리가 고스란히 녹아 퍼진다. 깊은 곳에서 겨울을 보내야 하는 것들은 제집을 찾아 헤매고 냉혹한 추위를 이기려는 물고기들은 몸을 살찌우기에 분주하다.

호수는 화려한 도시와 동떨어져 있어도 결코 적막하거나 외롭지 않다. 호수는 자연에서 섭취한 것들을 다시 자연에 부려 놓는다. 미워하는 것을 용서하게 하고, 집착하는 것을 돌려보내는 순간이다.

정지되어 있던 호수는 나를 낮은 다리 위에 내려놓는다. 다리 밑, 발길이 닿지 않는 호수 속에 물오른 잉어 떼가 모여든다. 페로몬 향기를 풍기는 잉어 떼의 출현으로 호수는 다시 활기를 찾기 시작한다. 물고기 떼가 수풀 속에 숨어 있는 짝을 찾아 나서며 커다란 입을 벌름거린다. 이런 것들이 이제는 익숙해져 있다. 고요와 적막과 고독이 함께 어우러진 호수는 사람들에게도 편안한 자유를 허락한다.

때로 호수를 더 멀찌감치 보고 싶어질 때는 산 중턱에 자리하고 있는 산사에 오른다. 편리한 호숫가를 두고 굳이 험한 길을 택하여 오르는 까닭은 오르는 동안 몸을 낮추는 사이 마음은 겸허해지기 때문이다.

먼저 정상을 밟고 내려가는 사람들의 상기된 얼굴들을 보며 비로소 살아 있음을 실감한다. 정상에 올라 먼 곳에서 바라보는 호수는 몽환적이고 서정적인 신비감을 안겨준다. 선입견과 편견을 버리게 하는 이 순간, 세상 모든 것들과 공유하고 싶어진다. 정상에서 한껏 심호흡을 한다. 구름 속에 갇혔다. 능선을 감싼 구름 사이로 시간이 흐른다.

물 가까이 다가서면 에고한(이기적인) 마음은 사라지고 미움조차 아쉬움으로 남는다. 뜻 모를 이야기를 알게 하고, 어떤 이와 인연이었는지를 알게 하고, 뒤늦게 깨닫는 미련함에 자신을 내려놓게 된다. 사람과 사람 사이에 오가는 호수의 여신들이 눈을 감고 귀를 열게 한다. 그러다 보면 내 안은 어린아이처럼 맑아지고 귓가에서 레미제라블의 코제트 목소리와 함께 감미로운 노래가 조용히 들려온다.

황혼이 물들기 시작하면 하루를 보낸 대청호가 몸살을 앓기 시작한다. 호수에 빠져드는 황혼이 붉은 진통을 하며 눈을 감는다. 발길이 너무나 사랑스러운 저녁이다.

감자꽃

'더도 말고 덜도 말고 요맘때만 같아라'

계절의 여왕답게 포근한 5월엔 생장하는 모든 것들이 역동적이다.

퇴근길에 늘 만나는 산 중턱 아래로 길게 늘어선 감자밭에는 은은한 보랏빛이 감도는 감자꽃들이 잔잔한 그리움을 불러일으킨다.

뻐꾸기가 감자밭 위에서 유유히 날며 노래하고 있다. 그 노랫소리에 리듬을 맞추기라도 하듯 감자꽃들이 여기저기 봉우리를 터트리며 화사하게 번져나간다.

'당신을 따르겠습니다'라는 꽃말을 가진 감자꽃에는 수수한 미소가 배어 있다. 사춘기 시절, 고등학생인 오빠 친구가 놀러 오면 몰래 훔쳐보면서 미소 짓던 모습이기도 하고, 그 친구 오빠에게 들켰을 때 부끄러워 웃던 웃음이기도 하다. 그녀의 웃음이 그랬다. 40년을 넘고도 변함없는 웃음을 간직하고 있던 그녀를 만난 건 초등학교 친구 모친상을 치르는 장례식장에 서다. 그녀는 상주와 인척이라 조문을 왔던 것 같다.

초등학교를 졸업하고 상조회를 통해 다른 동창들은 가끔 만났었지만 그녀는 40여 년의 세월을 보내고서야 마주하게 되었다. 한참을 보고서야 겨우 옛 모습을 찾아냈을 정도로 많이 변해있던 그녀. 처음엔 낯설었지만 거부되지 않는 친근함이 곧 수다로 이어졌다. 그녀에 대한 추억은 여학생, 남학생 딱 두 반으로 나누어진 시골 학교에서 그다지 공부는 아주 잘하지 않았지만 얼굴이 뽀얗고 순수하면서도 순종적인 성품으로 다툴 줄 모르는 평범한 학생이었다는 기억밖에 없다.

검은 원피스에 화장기 없는 수더분한 얼굴 위로 연륜의 주름살이 그대로 전이되어 오는데 그녀의 웃음만은 여전했다. 웃는 모습이 여전하다고 했더니 기억해 줘서 고맙다며 자신은 지방 병원에 간호과장으로 근무를 하고 있단다. 병원에 올 기회가 생기면 자신을 찾으라 하며 명함까지 돌린다. 그녀의 주변으로 친구들이 몰려들며 자신들이 겪고 있는 질병에 대해 너도나도 질문 공세가 그칠 줄 몰랐다. 그녀와의 상담 아닌 상담이 계속되며 시간은 빠르게 지나갔다. 내일의 출근을 위해 가야 한다며 일어서며 아쉬운 듯 웃는데 그 모습이 저처럼 따스할 수 있을까 싶다. 떠나가는 그녀의 뒷모습에서 김동리 소설『감자』의 '복녀'가 문득 떠올랐다.

처녀 적에 '복녀'의 미소도 저렇게 순수하고 해맑았으리라. 돈에 팔려 저보다 스무 살이나 더 되는 홀아비에게 시집을 가지 않았더라면, 중국인 왕 서방에게 훔친 감자의 대가로 몸을 주지만 않았더라면, 새 장가를 가는 왕 서방에게 타오르는 질투를 참아 냈더라면 '복녀'의 미소는 허기지지 않았으리라.

복녀의 미소가 가난한 생활에 대한 애환과 환경에 의해 변해가는 모습을 통해 처참한 현실과 나약한 인간의 모습을 띤다면, 그녀의 미소는 당당함과 씩씩함이 뽀얗게 분이 나는 감자를 닮았다.

그녀가 떠난 뒤 며칠이 지나자 온 나라가 '메르스'의 확산으로 온통 긴장의 연속이다. 특히 병원의 의사와 간호사들은 이 사태로 인하여 신산한 나날을 보내고 있다. 하루가 다르게 확산되어 가는 현실 앞에서 의료진들의 사투는 계속되고 있다는 소식이 들려온다. 의료진의 대다수는 자신이 메르스에 걸릴 위험에 노출되어 있음에도 불구하고 환자를 위해 감염을 각오하고 꺼져가는 생명의 불씨를 살리기 위해 노력한다는 소식을 듣고 있노라면 진정한 휴머니스트의 감동이 전해진다.

때로는 환자를 담당하던 모 간호사가 심폐소생술 하던 환자의 피와 체액으로 바이러스가 감염되어 2주 넘게 격리 생활에 지치고, 그 자녀들은 학교와 친구들에 왕따를 당해도, 우리가 밥을 먹는 동안에도, 가족과 단란한 시간을 보내는 동안에도 자신들의 행복을 포기한 채 환자의 회생을 위해 가장 위험한 현장에서 싸우고 있다는 사실을 들을 때마다 친구의 안부가 걱정이 되었다. 조심스럽게 그녀에게 연락을 했다. 다행히도 그녀의 목소리는 힘이 있었다. 그녀는 당연하다는 듯이 그 지난한 시간을 받아들이고 있었다. 진정 나이팅게일의 후예임에 틀림없었다. 어서 속히 이 땅에서 메르스가 종식되길 기원하며 그녀의 하얀 미소가 그리워진다.

매화꽃 필 무렵

　　3월의 햇살이 더없이 상쾌하다. 피부로 느껴지는 바람이 아직은 쌀쌀하지만 그다지 싫지 않다. 언 땅을 뚫고 올라온 냉이가 색깔을 감추고 코끝으로 먼저 찾아온 봄은 겨우내 움츠렸던 몸을 펴주었다. 봄볕을 벗 삼아 논두렁 밭두렁을 지나자 가장 먼저 당산나무가 눈에 들어온다. 나무둥치에 셋집을 들인 까치들이 먼저 반긴다.

　　이곳 단양 금수산은 화려했던 지난 계절을 다시 찾기 위해 생기를 넣느라 봄바람이 살갑게 불어댔다. 봄에는 새싹을 키우고, 여름에는 풀숲을 하늘에 담고, 가을에는 넉넉한 달빛을 안으며, 겨울에는 뻔히 없는 줄 알면서도 토끼몰이를 하는 아이들의 목소리로 추위를 감쌌다.

　　금수산 동쪽 자락은 당산나무와 당집의 병풍이 되어준다. 당집 앞에서 두 손을 모으고 합장을 한다. 당산나무의 위엄과 산을 기릴 줄 아는 마을 사람들에게 바치는 경의다. 수천 년 전부터 길을 다졌을 산객의 걸음에 맞춰 산을 오른다. 산을 오르며 한 사람을 떠올린다.

퇴계 선생은 1548년 1월 군수가 되어 단양 땅을 밟는다. 당시 48세였던 선생은 이태 전에 부인과 사별했고, 부임한 지 한 달 만에 둘째 아들을 잃었다. 이 무렵 '두향'이라는 기생을 만났다. 일찍 부모를 잃고 퇴기한 수양모 밑에서 자라 관기가 된 16세 기생이었다. 그녀 역시 결혼 석 달 만에 남편을 잃고 다시 관기가 된 후였다. 시와 그림을 좋아하고 거문고를 잘 탔던 두향은 퇴계의 인품과 학덕에 반한다. 사모하는 마음을 전했으나 선생은 풀 먹인 안동포처럼 빳빳했다. 그러나 매화를 유달리 좋아한 선생은 두향의 매화나무를 받고 마음을 열었다. 매화가 맺어준 두 사람의 사랑은 매향처럼 깊어갔다. 그러나 선생이 풍기군수로 옮기면서 둘의 사랑은 열 달도 안 되어 끝이 났다. 너무도 짧았다.

매화는 남한 강가에 움막을 치고 선생이 보내준 물을 정화수로 치성을 올리며 그리워했다. 두향은 1570년 퇴계 선생이 68세의 나이로 세상을 떠나기까지 관기를 떠나 수절했다. 선생의 임종 소식을 듣고는 도산서원까지 달려가 먼발치에서 절을 올리고 스스로 목숨을 끊었다. 두향의 나이 40세였다. 선생의 제자 이덕홍의 기록에 따르면, 선생이 세상을 떠나던 날 아침 일어나자마자 "매화에 물을 주어라"라고 당부했다. 그 화분은 두향이 선생과 이별할 때 선물한 매화 분이었다. 두 사람에게 매화는 삶의 의미와 경외심마저 깃든 생명체로 서로의 마음을 대변한 것이다. 두향이 기생이었든, 선생이 대유학자였든 두 사람의 성숙한 두 인격체의 만남이었다.

이 이야기는 소설가 정비석이 퇴계 문중으로부터 듣고 『명기열전』에 쓴 이야기이다.

채워도 채워도 채울 수 없는 오늘날의 척박한 사랑 앞에 두 사람의 사랑이 촉촉하게 적셔준다. 미녀봉에서 내려서는 산길에 봄을 알리는 매화꽃이 눈인사를 건넨다. 꽃의 여린 웃음은 호수 속처럼 맑다.

어릴 적 뒤꼍에 연분홍 겹매화 꽃나무가 있었다. 뒤꼍에는 봄소식을 전할 전령들이 모여 있었다. 매화, 개나리, 산수유, 골담초. 그중 나의 마음을 사로잡는 꽃은 단연 연분홍 겹매화였다. 겨울 동안 닫아 놓았던 대청문을 활짝 여는 순간 매화꽃이 함빡 핀 얼굴로 다가와 봄을 전해주었다. 이제 가도 볼 수 없는 그 꽃이 마음 시리도록 생각이 날 때면 이렇게 인연을 찾아다닌다. 그리운 꽃잎이 봄바람에 숨어 오지 않을까, 봄비 속에서 오지 않을까, 이름 없는 풀숲에서 오지 않을까, 찾아 헤매다 오늘 금수산 퇴계의 체취 속에서 만났다. 고결한 기품과 곧은 마음으로 선비들의 사랑을 가장 많이 받은 매화꽃이 필 무렵이면 두향과 퇴계의 애틋한 사랑이 그리움으로 다가온다.

양귀비愛 빠지다

기다림도 감동의 일부라는 것을 알고부터 서두르지 않았다. 드디어 때를 맞춰 피웠다. 천변을 온통 핏빛으로 물들였다는 기별에 단숨에 달려갔다.

선홍빛 피바다. 꽃 양귀비를 보는 순간 "훅" 바람이 일어났다. 온 마음을 흔들어 놓은 붉은 바람은 파열음을 내며 모든 가식을 거두고 빈 몸으로 서게 했다.

그녀에게 꽃 양귀비가 만발하다는 얘기를 전해 들었을 때부터 마음속에 꽃무리가 확 들어섰다. 좀 더 빨리 그녀를 만나 회포를 풀고 싶었지만 꽃 피는 봄날을 위해 아껴두길 잘한 것 같다.

천변을 들어서는데 꽃을 보는 순간 피가 온몸을 한 바퀴 빠르게 돌더니 온몸이 장작불처럼 활활 타올랐다. 양귀비에게 가슴을 베인 남자들의 피가 저렇게 붉었을까. 세상 모든 남자의 눈을 멀게 한 절세미녀, 당 현종과 핏빛 사랑을 나눈 그녀, 다가가니 더욱 요염한 자태의 양귀비가 수억이다.

'침어낙안沈魚落雁, 폐월수화閉月羞花' 중국의 4대 미인을 표현하는 어휘다.

'침어沈魚'는 서시西施가 물에 얼굴을 비추자 물고기가 헤엄치는 것을 잊었고, '낙안落雁'은 왕소군王昭君이 금을 연주하자 기러기가 나는 것을 잊었으며, '폐월閉月'은 초선貂蟬이 얼굴을 비추자 달이 구름 뒤로 숨었고, '수화羞花'는 양귀비楊貴妃가 꽃을 건드리자 부끄러움에 꽃잎을 접을 정도로 그녀들의 미모는 빼어났다.

이처럼 뛰어난 미모는 왕의 마음을 움직이고 이로 인해 한 나라를 살리기도 하고 망치기도 했다고 해서 이것을 일컬어 경국지색傾國之色이라고 한다.

양귀비는 당나라 현종玄宗의 비妃로, 절세미인에 총명하여 현종의 마음을 사로잡아 황후 이상의 권세를 누렸다. 당나라 태평성세를 구가했던 왕으로 칭송을 받았던 현종은 양귀비의 미모와 달콤한 유혹에서 빠져나오지 못했다. 결국 안녹산의 난으로 양귀비는 살해되고 자신은 왕권을 아들에게 양위하고 은거하는 신세가 되는 비운을 맞게 되었다.

세상에는 수많은 꽃들이 존재하지만 실존 인물의 이름을 그대로 사용하는 꽃은 양귀비뿐인 것 같다. 이 꽃이 양귀비의 실명을 그대로 물려받은 것은 아름다움보다는 마약성에 그 뜻이 담겨 있지 않았나 생각된다. 중국의 서시와 양귀비의 삶이 이랬다. 이들의 외적인 아름다움에 내적인 수양과 함께 세상과 조화로운 삶을 살았더라면 역사는 바뀌었을 것이다. 꽃과 열매에 취해 비극을 자초하는 망국亡國의 꽃이기도 했다.

서서히 천변을 돌며 서성인다. 고단한 세상, 꽃이라도 닮고 싶은 마음일까. 천변은 인파로 붐볐다. 사진을 카메라에 담고 향기를 맡으며 사람들은 저마다의 방식으로 꽃 양귀비를 만나고 있었다. 아름다움은 저 혼자만이 만들어 내지 못한다. 꽃을 피우기 위해서는 인간의 손길 뿐 아니라 푸른 하늘도, 구름도, 비와 바람도, 새와 나비들도 인연이 되어 마침내 덕의 꽃을 피워낸다.

붉었던 마음이 붉은 꽃잎 끝에 앉는다. 잠시라도 인생의 화양연화花樣年華였던 청춘을 생각한다. 마음에 꽃이 피고 가슴 떨렸던 젊은 시절, 그 자체만으로도 빛이 나고, 굳이 치장하지 않아도 아름다웠던 시절이었다. 이제, 나이가 들어보니 아름다움이 무엇인지 어렴풋이 알 것만 같다.

'난향천리蘭香千里 인덕만리人德萬里'란 말을 늘 마음속에 품고 산다. 난의 향기는 천 리를 가지만 사람의 덕은 만 리를 간다는 말이다. 인간이 풍기는 인격의 향기야말로 바람이 없어도 따뜻한 세상을 만들고 벌, 나비가 없어도 좋은 열매를 맺는다.

꽃의 계절은 이미 지난 지금의 나이지만 자신의 색깔과 향기에 맞는 삶을 살고 있는 것이 곧 아름다움이 아닐까 한다.

시래기를 엮으며

　　추수를 끝낸 빈 들판에는 정성껏 비닐에 묶인 짚단이 여기저기 흩어져 있다. 둥글둥글한 짚단 뭉치의 모습을 멀리서 보노라면 마치 큼지막한 타조알을 연상케 한다. 이른 봄에 깨어나 풍우와 무더운 더위에 시달리다가도 가을에는 그 나름의 결실로 제 몫을 다 하는 농토의 모습은 영락없이 한 어머니의 굴곡진 삶을 지켜보는 것 같다. 자식을 낳아 기르는 어미가 삶의 고달픔이나 환희 어느 쪽에만 연연하지 않듯, 농토도 자연에 거스르지 않고 항상 순응하며 의연하다.

　　다행히 올가을엔 날씨가 맑고 햇볕도 좋았다. 덩달아 배추와 무도 대 풍작이었다. 그러나 세상만사란 일희가 있으면 일비가 뒤따른다. 안타깝게도 배추와 무값이 폭락해 버렸다. 게다가 출하 시기를 놓치는 바람에 밭둑에서 멀뚱히 하늘만 쳐다보고 있는 김장 무와 배추가 적지 않다. 운반비가 배추, 무값보다 비싸니 그럴 수밖에 없을 듯하다. 상황이 호전되지 않는다면 아까운 무와 배추가 그 자리에서 갈아엎질지 모른다.

토요일 오후였다. 퇴근길에서 보니 차 한 대가 저쪽 밭둑에 서 있었다. 차만 있는 것이 아니었다. 서너 명의 아낙네들이 무를 뽑아 싣느라 바쁘게 움직이고 있었다. 잠시 후, 무를 잔뜩 싣고 난 트럭이 밭고랑을 빠져나가자 아주머니들이 무 잎줄기를 줍기 시작한다. "같이 줍자."는 아주머니의 손에 이끌려 나도 동참을 하게 됐다. 그렇잖아도 올해는 무청을 구해 말려볼 작정이었다. 어릴 적 어머니가 해 주신 시래기된장국의 구수한 맛이 입맛을 잃을 때마다 문득문득 생각났기 때문이다.

밭고랑에 들어서니 못난이 무와 싱싱한 무청이 지천이었다. 무 하나를 벗겨 한 입 베어 물어 봤다. 달콤하면서도 싸한 매운맛이 입안에 가득 찬다. 황순원의 단편 소설 「소나기」 한 대목이 생각났다.

'대강이를 한 입 베어 물어 낸 다음, 한돌이 껍질을 벗겨 우적 깨문다. 소녀도 따라 했다. 그러나 세 입도 못 먹고, "아, 맵고 지려."하며 집어던지고 만다.' 풋사랑을 느끼며 맛봤던 이들 소년, 소녀의 무는 그들의 나이만큼이나 속이 덜 찼던 모양이었다. 그러나 내가 맛본 무는 맛도 좋았을 뿐더러 입안 가득히 시골의 향수를 느낄 수 있었다. 돌아오면서 피로회복제 한 박스를 밭 주인에게 건넸다. 도저히 맨손으로 돌아오기가 미안해서였다.

밭에서 주워온 무청은 차고 뒤 그늘진 곳에 줄을 잇고 빨래 널듯이 걸었다. 시골의 정취를 느끼기에는 충분했다. 어릴 적 시골 고향 집을 생각나게 했다. 충청도 오지에서 자란 나는 30리가 넘는 중학교를 통학했다. 추운 겨울 아침, 잠이 깰 무렵이면 '타닥타닥' 아궁이에서 장작가지 타는 소리가 이불 속까지 들려왔다. 아침이 더디 오기를 바랐던 것은 조금이라도 잠을 더 자고 싶어서였겠지만 장작 타는 소리가 음악처럼 정겹게 들린 탓이기도 했다. "자, 일어나 밥 먹어라. 학교 늦겠다."

어머니가 들여놓으신 질화로 속에서는 된장찌개가 보글보글 끓고 있었다. 뜨끈한 시래기 된장국으로 뚝딱 밥 한 그릇을 먹고 집을 나서면 아무리 추운 겨울 먼 통학 길도 거뜬했다. 결혼을 한 뒤에도 어머니가 보내주신 된장과 시래기는 입맛을 잃을 때마다 최고의 반찬이 되었다. 요즈음은 샐러드 바 때문에 시래기된장국은 푸대접을 받는 신세가 되고 말았다. 특히 젊은이들에게서 이런 현상이 두드러진다. 이름도 낯선 샐러드가 차려진 레스토랑에서 식사하고, 라틴 아메리카 커피를 즐겨 마시는 젊은이들에게 시래깃국은 전설 같은 옛 음식으로 치부되어 있다. 지금, 그러나 이 순간 나를 유혹하는 요리가 있다면 입안에서 느끼는 구수한 시래기된장국이 아닌가 한다. 음식을 보면 누군가를 그립게 하고, 잔잔한 추억을 불러일으키는 음식이 있게 마련이다. 그게 바로 나에게는 시래기된장국인 것 같다.

토마토와 기다림의 미학

서양에 "토마토가 빨갛게 익을 무렵이면 의사의 얼굴이 파랗게 변해버린다."는 속담이 있다. 토마토를 많이 먹으면 의사도 필요 없을 정도로 건강이 좋아진다는 것을 강조하는 말이다. 토마토는 맛은 물론 항암 효과 등 건강에도 좋은 채소로 알려져 있다. 미국 타임지가 '21세기의 베스트 음식'으로 평가했을 정도로 특히 토마토에 많이 들어 있는 색소인 라이코펜은 항암 효과가 뛰어나다. 토마토는 익혀 먹으면 그 맛과 효능이 배가 되고 라이코펜 성분은 가열 때 4배 이상의 효과를 낸다 한다.

어린 시절 더운 여름날, 학교 갔다 돌아오면 엄마는 설탕에 재워 차갑게 식혀 둔 토마토를 꺼내주셨다. 달달하고 시원한 토마토를 허겁지겁 먹다 보면 과즙이 입에서 새어 나와 턱으로 흘렀다. 턱을 타고 주르륵 내려와 아끼던 티셔츠를 벌겋게 물들여 혼이 났던 추억이 있다.

근교에서 토마토 비닐하우스를 대단위로 경작하는 친구로부터 "상품가치가 떨어지는 토마토를 갖다 먹으라"는 문자가 왔다. 농장에 가보니 주변은 5만 평의 농공단지에 하얀 비닐하우스가 파도처럼 출렁이고 있었다. 친구는 못난이 토마토 수십 박스를 담아 놓고 친구들을 맞이했다. 사시사철 토마토 농사에 매달려 있음을 증명이라도 하듯 깡마르고 까무잡잡한 피부는 건강한 구릿빛을 띠고 있었다. 가끔 일간지를 통해 친구의 친환경 농사법을 소개하는 기사가 일면을 차지할 정도니 주변에서도 성공 사례의 주인공으로 인정받고 있다. 때때로 친구의 기술이나 경영방식에 벤치마킹을 오기도 하고, 귀농인들에게 멘토가 되어 농장은 종종 교육장으로 변한다고 했다. 현재 그는 1만 평 규모에 연매출 8억의 수익을 올리고 있다 하니 괜히 내가 부자가 된 것 같아 뿌듯했다.

가지마다 탐스럽게 열린 토마토를 보고 한 친구가 "돈다발이 주렁주렁 달려있네."하며 너스레를 떨자 "농사는 돈의 논리로만 생각하면 실망도 커지지. 가격파동이나, 천재지변으로 큰 손해를 볼 때마다 애정과 자부심이 없었다면 벌써 포기했을 거야. 그저 자연과 함께 살며 자신을 내려놓아야 이 생활을 견뎌 낼 수 있어." 담담한 표정 속에 그간의 노고가 스며 있었다.

요즈음은 전자 상거래도 많아지면서 공부도 하고, 토마토 생산·유통뿐 아니라 가공업체로 확장 중이라고 한다. 친구는 "세상이 변하는데 농민도 농사도 달라져야 한다."며 몇 년 후에는 융복합 산업 농장으로 체험시설 확장을 위해 관계 기관과 협의 중이라는 사업 계획을 밝혔다. 일장연설에 그저 우리는 그 애 입모양만 따라다녔다. 오랜만에 시골의 목가적인 정취에 머리나 식힐 겸 찾아간 농장에서 신선한 충격을 받았다.

싱싱한 토마토를 다섯 박스나 차에 실었다. 돌아오는 길에 지인들을 찾아 선물을 하고 남은 한 박스를 들고 둘째 올케에게 갔다. 재작년에 중병을 잘 이겨내고 생사의 갈림길에서 싸우고 있는 올케는 토마토가 항암 작용에 좋다는 말에 반색했다. 박스를 개봉하자마자 토마토를 살짝 익혀 어린애 달래듯이 정성을 다해 벗겨 놓는다. 토마토의 연분홍 속살들이 생명의 살처럼 느껴졌다. 올케가 하루속히 병을 홀홀 털고 일어나길 기도하고 있다. 삶과 죽음의 간극에서도 신앙의 끈을 꽉 붙잡고 견뎌내고 있는 그녀를 볼 적마다 온몸에 시나브로 녹아 있는 신앙의 힘에 위대함을 느낀다.

농사는 기다림이다. 봄이 오길 기다리고, 싹이 나길 기다리고, 열매가 맺길 기다리고, 그 열매가 익어야 비로소 결실을 본다.

인생도 기다림의 연속이다. 연인의 기다림, 성공의 기다림, 완쾌의 기다림. 어차피 기다림의 연속이라면 기다리는 법을 잘 배워야 인생을 즐길 수 있을 것 같다. 오래 기다려서 받은 것일수록 더 큰 기쁨을 준다. 친구에게 토마토는 30여 년 긴 기다림의 포상이었다.

나도 어느덧 은퇴의 나이가 되었다. 일찌감치 꿈도 버리고 그저 현실에 만족하며 적당히 타협하고 적당히 포기하며 살면 될 것이라 생각했다. 다행이다. 지금부터라도 버린 꿈을 잡아 볼 것이다. 그냥 밥그릇이 아닌 빛을 말이다. 겉으로는 대단하게 드러나지 않아도 나보다 더 수고하고 나의 힘을 필요로 하는 곳이 있다면 그곳이 어디이든 가장 큰 존재의 이유가 될 것이라 생각한다. 나는 오늘 토마토의 붉은 빛깔로 가슴이 달아오르고 있다.

장이 익어가는 마을

얼었던 대동강 물도 풀린다는 우수雨水를 맞아 농업기술센터에서 개최한 '우리 장 함께 담그기' 체험교실에 참가했다. 것대산 기슭에 있는 체험장에 도착하니 어제까지도 변덕스러웠던 날씨가 기다렸다는 듯 환하게 맞이했다.

벌써 몇몇 사람들이 모여 앉아 꽃차를 마시며 된장 이야기가 한창이었다. 처음 만난 사람들이었지만 정서를 같이 나누는 사람들이기 때문인지 금방 친해졌다. 장독대가 빼곡하게 들어선 뒤뜰에는 저마다 이름표가 주인을 기다리고 있었다.

첫날은 메주를 씻어 항아리에 넣고 대나무 회초리로 메주가 뜨지 않도록 엮어서 지그시 눌러놓고 소금물과 대추 서너 개, 마른 고추, 숯덩이를 넣는 것으로 끝이 났다.

어릴 적 뒤꼍에는 족히 백 년이 넘는 항아리와 그보다 작은 항아리가 옹기종기 장독대에 줄지어 있었다. 정월 보름이면 씨간장 항아리 위에 팥 시루떡을 올려놓아 집안의 액운을 막고 가족들의 안녕을 기원하며 비손하던 어머니의 모습이 아직도 생생하다. 장독대는 나의 아지트이기도 했다. 초여름 아까시나무꽃에서 풍기는 자연 향수가 뒤꼍을 진동시킬 때면 장독대에 등을 기대어 엄희자, 민애니의 순정만화에 푹 빠져 살았다. 로맨스 상상은 내 작은 몸을 감싸고 하늘을 둥둥 떠다니게 했다. 나의 사춘기 꽃이 핀 자리는 지금은 아프게 터만 남아 있다.

예로부터 '음식 맛은 장맛'이라고 했다. 절대미각을 가진 아들은 어릴 적에 먹던 된장찌개가 그립다며 주문할 때가 있다. 그럴 때마다 온갖 정성을 다하여도 그 맛을 낼 수가 없다. 손맛이 좋은 친정어머니께서 세상 뜨시기 전까지 갖은 양념과 야채를 전해주셨으니 그 정성이 곧 맛의 비결이었다. 생각 끝에 유기농 농사를 지어보자 마음먹고 일 년을 시도해보다가 두 손 두 발 반짝 들었다. 농사는 못 짓더라도 내 손으로 직접 장을 만들어 옛 맛을 찾으려고 여기저기 기웃거리다가 체험장을 찾게 되었다.

며칠 뒤 장 가르기를 하기 위해 다시 찾아왔다. 지난 2월 소금물을 부어놓았던 메주를 조심스레 꺼냈다. 간장과 분리한 메주를 다른 항아리에 옮기고 잘게 부수어서 으깬 다음 소금과 메줏가루, 고추씨 가루를 섞어 꾹꾹 눌러놓았다.

항아리 속에서 된장은 얼마간의 숙성 기간을 거치며 맛있게 익어갈 것이다. 진국의 맛으로 나물을 조물조물 무치고 질박한 뚝배기에 된장도 보글보글 끓여서 가족들과 함께 먹을 생각을 하니 벌써부터 군침이 돈다.

콩은 발효와 숙성을 거치면서 새로 만들어진 성분들이 특유의 맛과 향기를 만들어 낸다. 된장은 3년이 돼야 숙성 과정에서 만들어지는 '글루탐산 소듐'으로 감칠맛이 난다고 한다. 고기든 젓갈이든 숙성이 되어야 감칠맛이 나게 마련이다.

삼굿 같은 날씨에도, 북풍한설 혹한에도 유난 떨지 않고 가만가만 제 몸을 달래가며 감칠맛으로 거듭나는 된장은 입맛을 살려내는 요리 닥터이다. 나 자신도 고집과 아집을 부수고 무엇과도 잘 뒤섞여 발효와 숙성을 거친다면 쓴맛은 빠지고 감칠맛이 나는 사람이 되지 않을까 싶다.

감치다, 눈앞이나 마음속에서 사라지지 않고 계속 감돈다는 말이다. 감칠맛이 난다는 말도 이런 의미일 것이다. 누군가에게 그리움을 주고, 보고 싶고, 마음에 품고 싶어 하는 사람이 되고 싶다.

길

길을 나섰다. 차창 안으로는 따사롭던 햇살이 길 위에서는 모난 바람에 조각조각 각을 세웠다. 겨울 하늘이 낮게 내려앉은 둔치에는 개망초, 뚝새풀이 낙엽을 이불 삼아 삭풍을 이겨내고 있었다. 뒤에서 따라오는 바람과 함께 걷다보니 어디선가 소란스런 파도 소리가 들려왔다. 그것은 바람에 밀려오고 밀려가는 억새풀과 갈대 무리의 서걱대는 소리였다. 추동 길은 계절마다 다른 모습으로 억압된 마음을 무장 해제 시켜준다. 어둠이 궁싯거리며 마른 갈대의 발치를 더듬기 시작했다. 서둘러 호숫가를 빠져나왔다. 어둠은 나를 길에 가둔 채 길이 아닌 다른 길로 마음을 돌려놓았다. 수많은 길 위에 서성이는 나를 본다.

생의 길

예행연습 없이 걸어온 길이다. 제 인생의 항로를 찾아 떠나온 지 어언 쉰하고도 일곱 해. 오르막과 내리막이 쉼 없이 흔들어 댔던 지나온 길을 뒤

돌아보니, "저 길을 어떻게 걸어 왔던가?" 비틀거리면서도 부끄럼 없이 살아온 길, 이제는 가야 할 길이 그리 많이 남지 않았음을 안다. 천 개의 눈과 천 개의 손을 가진 관세음보살이 일으킨다는 석모도 바람길을 걸어본 적이 있다. 차가운 바람이 마음을 때리면 오히려 더 뜨겁게 다가오는 오기는 굴곡진 세월을 넘게 했다. 첫 고비를 숨차게 넘으니 두 번째 세 번째 고비는 보다 쉬웠다. 지금은 가파른 바윗길에서도 힘이 넘친다.

엄마의 길

내 생애에 가장 행복하고 아름다운 길이다. 잘 먹지도, 잘 자지 못해도 엄마는 행복하다. 똥 기저귀를 처음으로 갈아줄 때부터 성인이 될 때까지 2만 번의 밥상을 차리면서도 행복하다. 먼 곳에서 자식이 찾아오면 방금 해낸 따끈한 밥상을 차리고, 하룻밤을 묵으면 떡을 만들어 주고, 3일 밤을 묵으면 술을 빚어내는 게 엄마이다.

훌륭한 어머니는 그 모습이 아이의 모습에 투영되고 어머니의 역할이 자식의 미래를 결정짓는다. 타국에 있는 딸에게 끊임없는 편지로 정신적 지주 역할을 한 조수미 어머니, 사그라지는 기억 속에서도 무대에 서는 딸을 응원하는 모습이 생생하다. 비금도 오지에서 소금을 생산하여 아들의 뒷바라지한 이세돌 어머니, 미리 정승이 될 것을 알리고자 자식에서 자네라고 호칭한 정운찬 서울대 전 총장 어머니, 이들을 보며 나는 자식을 위해 엄마의 역할을 잘하고 있는지 자문해 본다.

자식 사랑은 어미의 삶의 원천이며 원동력이자 목표이기도 하다. 자식을 행복하게 해 주다 보니 나 자신도 행복했다.

문학의 길

때로는 등짐을 지고 몇 천 미터 정상을 향해 오르는 세르파의 길일 때도, 가나안 땅을 향해 가는 순례자의 길일 때도 있다. 거친 돌무더기에서 아름다운 돌 하나를 찾아내는 것 같은 정성과 인내도 필요하다. 그래도 이 길을 가야만 하는 이유는 그 길 끝에는 꿈과 희열이 있기 때문이다. 나에게 글은 한숨과 눈물을 비우는 해우소이기도 하다. 시원함과 치유가 있어 나날이 건강하게 살 수 있다.

새해가 밝았다. 기어이 가야만 하는 길 위에 서 있다.

열두 달의 허락된 시간이 때로는 망망대해에서 쪽배를 타고 건너야 될지도 모른다. 일망무제一望無際 펼쳐진 산등성이를 타고 넘어야만 하는 곤고함이 따를지도 모른다. 그러나 석양에 지는 일몰을 바라보며 오늘 하루도 무사히 보냈다는 안도감과 내일 또 해가 뜨리라는 희망으로 살아간다면 감사함과 행복도 찾아올 것 같다. 여러 갈래의 길은 언제나 비밀스럽고 판도라의 상자와 같다. 그러기에 길은 가야 하는 것보다는 만들어 가는 것이 아닐까 한다. 열심히 하다 보면 마지막 날에는 산티아고 순례길을 무사히 도착했을 때와 같은 감동이 찾아오지 않을까!

마지막 축도

우암동 홍덕 대교를 넘어서면 주택가에 조용하고 아늑한 교회가 있다. 그 교회를 다닌 지가 어느덧 30여 년을 넘어섰다. 그동안 이 교회에서 목회를 하신 목사님은 다섯 분으로 제5대 목사님은 28년이라는 세월을 헌신하셨다. 이제 은퇴를 앞두고 제6대 목사님을 모시게 되었다. 한 주 한 주 목사님의 은퇴 시간이 다가오면서 그동안 느끼지 못했던 아쉬움과 섭섭함으로 교회 가는 발걸음이 무겁다.

목사님을 처음 만난 건 신혼 무렵이었다. 강원도에서 이곳으로 부임하면서 집으로 심방을 오셨다. 40대의 수려한 용모에 어깨가 딱 벌어진 목사님과 세련된 투피스 느낌을 주는 사모님은 외모와는 달리 소박했다. 내가 살고 있는 집 앞에 목사님 사택이 들어서면서 더 가까이 다가갈 수 있었다.

아이가 자라면서 자주 병원 신세를 져야 했던 나는 아이가 아파 앞이 캄캄해질 때마다 사택으로 달려가 목사님의 기도를 받으며 많은 위로를 얻고 걱정을 덜었다. 간절한 순간에 의지할 수 있는 유일한 분이었다. 그땐 목사님의 옷깃만 보아도 마음이 위로가 되고 안심이 되었으니 나의 믿음은 곧 목사님 기도뿐이었다.

교회는 목사님 내외의 열정과 사랑으로 활력과 생기를 되찾아갔다. 교인은 점점 늘어나 3부로 나눠 예배를 올렸다. 미약했던 내 믿음은 세월이 점점 지남에 따라 집사, 권사 직분도 받았다. 그런데 나의 간절했던 믿음은 성숙하지 못한 채 내 생각과 내 마음대로의 신앙생활로 추락했다.

나는 늘 나의 삶이 타인에 의해 돌려지는 것 같은 기분이 들었다. 혼자 멋대로 굴러가는 나를 보며 목사님 내외는 안타까운 눈빛으로 기도했다. 나의 자만은 드디어 꼭지마리가 부러진 물레처럼 멈출 줄 몰랐다.

그 후 내게 상상하지 못할 불행이 찾아왔다. 그 불행은 평생 나에게 외줄을 타게 했다. 외줄이 몹시 흔들거릴 때마다 목사님 내외는 불쌍한 나를 위해 기도했다. 그 기도가 어언 20년을 이어왔다.

그런 목사님 내외분이 이제 이 교회를 떠난다. 나약하고 고단할 때마다 유일한 안식처를 제공하며 마음을 치유하게 하고, 새로운 힘을 실어준 28년이다. 어미가 떠난 이 교회에서 은혜로운 찬양을 할 수 있을까, 힘들 때마다 손 내밀어 주고 등 뒤에서 '일어나 걸어라' 하며 일으켜 줄 사람 없는 곳에서 간절한 기도를 할 수 있을까.

오늘, 마지막 고별 예배를 올린다.

'아무것도 염려하지 말고 오직 모든 일에 기도와 간구로 하나님께 아뢰라 그리하면 하나님의 평강이 너희 마음과 생각을 지키시리라'

성숙하지 못한 양 떼를 놓아두고 떠나는 목자의 염려이자 염원이었다.

교인 한 명 한 명에게 믿음의 방파제를 튼튼하게 쌓고도 돌아서는 길이 편치 않으신 양 마지막 설교도 '염려하지 말라'였다.

어떤 교우가 "목사님, 은퇴하시면 어떻게 지내실 건가요?"물었다. 시간을 초월해야만 하는 목회 생활과는 달리 하루아침에 변화되는 생활에 적응이 쉽게 될까 염려되었던 것이다. 그러나 목사님은 오히려 평온한 모습으로 "지금까지 48년 목회를 하면서부터 새벽 2시에 기상하여 새벽 제단을 쌓는 것을 시작으로 평생을 살았습니다. 제가 제단에 서지 않는다 해서 신앙생활이 달라질 게 없습니다. 하나님이 만드신 이 지구의 한 모퉁이에서 여전히 믿음의 봉사를 하며 살아갈 것입니다."

설교가 끝나고 모두 자리에서 일어섰다. 목사님의 마지막 축도가 이어졌다.

"주님, 비록 이 몸은 떠났어도 남아 있는 형제들에게 고난에서 자유함을 얻게 하시며 저들에게 천국의 빛을 허락하소서. 지금으로부터 세상 끝날 때까지 우리를 버리지 아니하시고 함께하시는 성자 예수 그리스도의 은혜와 무한하신 하나님의 사랑하심과 우리를 진리 가운데로 인도하시는 성령의 감화와 감동하심과 교통하심이 이제로부터 영원히 함께하시기를 간절히 축원하옵나이다."

평소와 다름없는 목소리, 똑같은 감정, 똑같은 눈빛은 영원한 성자의 모습이셨다. 70성상을 뜨겁게 목회를 이끌어 오신 내외분의 모습이 내 시간 속에서 영원히 아름답게 남을 것이다.

작품 해설

| '예술문장'의 구체적 표현의 글

지연희 | 사)한국문인협회 수필분과회장

'예술문장'의 구체적 표현의 글

지연희 | 사)한국문인협회 수필분과회장

한 편의 수필이 필자의 가슴에서 삶의 의미로 축약되어 어떤 특정한 메시지로 독자의 가슴에 각인되어질 때 성공한 수필이라 말할 수 있다. 그러나 감동적인 문학 작품을 남긴다는 일은 좀처럼 쉬운 일이 아니다. 그럼에도 불구하고 사실체험을 바탕으로 문학이라는 옷을 입혀야만 수필문학의 영역에 머무를 수 있는 수필은 그만큼 신중한 필력이 요구된다. 감성의 가닥이 일으켜 세운 정서로 구조된 문장의 유연함, 꾸밈없는 언어들로 조합된 구체적 의미의 형상화를 제시하는 일이다. 깊은 삶의 철학과 다양한 삶의 체험을 통한 심도 깊은 자신만의 사고를 사유의 그물로 짚어 올릴 수 있다면 훌륭한 수필가로 성장할 수 있다고 믿는다. 그러므로 최선의 노력과 굳건한 의지를 더한다면 이상의 무엇도 두려울 게 없다고 생각한다.

김민정 수필가는 2008년 계간문학지『수필춘추』를 통하여 신인문학상 수필 부문에 당선되어 수필가로 활동하고 있다. 충북 청주 출생으로 고향을 지키는 좋은 수필인 중 한 사람인 김 수필가는 2017년에는 계간『문학미디어』시 부문 신인문학상을 받고 시인으로 활동 범위를 넓히고 있는 역량 있는 수필가이며 시인이다. 오늘 첫 수필집『여백에 핀 꽃』에 수록된 63편의 수필은 감자꽃, 구절초, 둔덕리 연가, 등불, 문지방 등 자연 생물이 호흡하는 친화적 공간의 식물들과 고향의 정서가 배어 있는 사물들에 대한 존재의 가치를 인물들과 병치하여 종합된 삶의 이야기로 버무려 내고 있다. 이 통합된 '늘 푸른 정원'의 존재들에 보내는 세밀한 시선이 김민정 수필이 독자들에게 제시하는 메시지이며 서정성 짙은 영혼의 빛깔로 절제된 구성요소이다.

가족 중에 나는 유난히 손발이 찼다. 게다가 소화 능력도 떨어졌던 사춘기 시절에는 배앓이도 많이 했었다. 배가 아프다 하면 어머니는 구절초 엿을 한 숟가락 먹여주셨다. 그러면 조금 후에는 몸에 온기가 돌면서 소화가 되는 것 같았고 배 아픈 것이 나았다. 다섯 딸들의 몸을 따뜻하게 키워 주신 덕에 결혼을 하여 모두가 자녀를 건강하게 출산할 수 있었다.

엄마는 구절초를 닮아가는 것인지도 모른다. 구절초가 주어진 환경에 잘 적응하며 끈질긴 생명력으로 때가 되면 산비탈이나 들판 어디서나 꿋꿋이 새싹을 틔워 뿌리에서 꽃잎까지 온전히 모든 이들에게 따뜻함을 주고 질병을 치료해 주듯이 어머니 역시 삶의 무게가 아무리 무거워도 내색하지 않고 온몸을 바쳐 생명을 살려낸다.

음력 구월이면 구절초를 정성껏 따다 말려 시집간 딸이 집에 오면 달여 먹여주었던 어머니의 지혜가 새삼 그립기만 하다. 자식을 위한 어머니의 마음을 마신다.

- 수필「구절초」중에서

어머니가 가늘게 눈을 뜨셨다. 손녀가 그렇게도 원하던 대학에 합격했다고 하자 허공에 눈동자를 둔 채 말을 하는 듯했지만 무슨 말인지 알아들을 수가 없었다. 아마 축하한다는 말일 게다. 하기야 손녀의 상아탑의 장이 아무리 좋다 해도 당신에게는 모두 부질없는 일일 것이다.

따뜻한 물수건으로 얼굴과 손발을 닦아드리자 얼굴 가득 미소를 띠신다. 이제야 모든 마음을 비워 내신 것인가! 아니면 타임머신을 타고 새댁 적에 친정집을 오가며 살얼음판 같았지만 행복했던 그 시간 여행 속에서 멈추어 계신 것인가!

지금 이 순간, 나는 어머니의 티 없이 맑고 깨끗한 영혼을 비로소 보았다. 한 냥밖에 남지 않은 어머니의 삶의 무게가 육신의 질병으로 점점 가벼워지고 있을 무렵, 마지막 혼신을 다해 황혼 속의 노을 같은 아름다운 빛으로 당신의 자식들에게 비추고 있다는 것을 왜 이제야 깨닫게 되었는지! 그래서 살아계심이 더욱 고맙고 감사했다. 이 왜소한 몸에서 아름다운 빛을 내뿜는 어머니는 이미 아름다운 천국이었다.

- 수필「어머니의 두 번째 집」중에서

분주한 도심의 일상에서 벗어나 사람들은 저 혼자 피어나고 지는 자연 속 생명체들의 자연한 아름다움 속에 호흡하기를 갈망한다. 때문에 휴일이면 산과 들을 찾아 크고 작은 식물들이 보여주는 싱그러운 몸짓으로 생명의 경이를 느끼려 한다. 사람은 5백만 년 전 숲이라는 거대한 자연 속 일부로부터 문명의 옷을 입고 도심으로 탈출한 까닭에 원형적 습성으로 숲을 그리워한다는 것이다. 김민정 수필 속 자연친화적 정서가 묻어나는 이유도 그와 같은 연유의 일부일 것이다. 꽃이며 나무, 풀들과 같은 식물의 성질이며 성장 과정을 매개로 한 수필의 이야기가 적지 않다. 그곳엔 어머니가 있고 친구가 있고 이웃이 존재하고 숲과 사람이 공존하며 생존의 의미를 확대시키고 있다. 수필 「구절초」는 어린 시절 어머니가 손수 채취하여 정성 껏 말리고 삶아 달여 주신 구절초 조청으로 가족의 건강을 지혜롭게 지켜 주셨던 이야기를 들려준다. '첫 차는 화려함으로 마시고, 두 번째는 그윽함으로 마시고, 세 번째는 빛바랜 아름다움으로, 네 번째는 순수함으로, 마지막으로는 자연을 마시는 거라 했다.'는 구절초 꽃차의 따뜻한 기운처럼 어머니의 따뜻한 온기가 느껴지는 수필이다.

수필 「어머니의 두 번째 집」을 감상하며 필자는 가슴 저 밑바닥에서부터 꿈틀거리는 인간의 원초적 존재의 가치에 대하여 가없는 아픔을 느끼지 않을 수 없었다. 이 수필은 이미 다섯 해의 추도식을 맞이하게 된 돌아가신 어머니에 대한 어느 날의 회상을 들려주지만 '어머니'로 불리어지던 가벼운 육신의 무게가 너무나 가여워서 아팠다. 물론 누구나 피할 수 없이 맞이하게 되는 죽음에 이르는 과정이지만 조금씩 사위어 가랑잎 같은 한 여인의 종말이 아팠다. 「어머니의 두 번째 집」은 노인 병원 침대에서 온몸을 자그맣게 웅크리고 삶의 목적을 상실한 어머니가 마지막 생을 연명하던 집이다. 또한 평생을 가족이라는 깊은 우물 속에 스스로를 수장시킨 한 여인이 누워 있던 공간을 일컫는다. 늘 푸르고 싱싱할 것만 같았던 어머니는 가두리 양식장 안에 갇혀 사는 물고기와 다름없는 모양새이다. 양식장 안에 있는 물고기가 탈출을 포기하며 살아가야 하는 것처럼 어머니의 남은 삶은 설움에 찬 이별만이 기다리고 있었다. 하지만 딸은 어머니의 티 없이 맑고 깨끗한 영혼의 빛깔을 불현듯 감각하게 된다. 그 가볍고 가여운 몸으로 삶의 끝에서 발산하고 있는 해맑은 영혼의 빛을 발견하게 된다. 마지막 혼신을 다해 황혼 속의 노을 같은 아름다운 '어머니'의 빛을 당신의 자식들에게 비추고 있다는 눈뜸이다. 왜소한 몸이지만 '살아계심이 더욱 고맙고 감사한 어머니'라는 이름의 아름다운 천국을 만날 수 있었던 감동 어린 수필이었다.

16년이 지난 지금, 그 해 봄날이 날 이곳으로 오게 하지 않았나 싶다. 보리밭 사이로 파릇파릇 냉이가 올라올 무렵의 청보리밭이었다면 더욱 좋았을 아쉬움이 있었으나, 누렇게 익은 황금 보리밭에서 서걱거리는 사랑의 결실이 가슴을 파고든다. 원두막 위에 앉았다. 화려했던 무대는 흔적도 없이 사라지고 남은 열기만이 다랑논과 뙈기밭을 떠돈다. 조용하고 한적해서 나만의 세상으로 부러울 것이 없는 오후다. 상형문자 같은 논에는 볏잎이 일제히 꼿꼿한 모습으로 줄기에 심지를 돋우고 햇볕을 견디며 푸르런 빛으로 수놓았다. 연잎으로 가득 찬 논둑에 섰다. 조용한 물속에서 온몸을 담그고 있는 막 피어난 때 이른 연꽃 한 송이를 손으로 당겼다. 세상 욕망에 물들지 않고 바람과 충격에도 부러지지 않으려고 안간힘을 쓰며 꽃을 피워낸 모습이 고고하다. 오수 바닥의 허물을 덮고 청정함을 내보이듯 내게 주어진 빛을 들고 누군가에게 다가가고 싶은 날이다.

아릿한 정서가 살아 숨 쉬고 삶의 의미를 찾으며 마음을 한껏 기대었던 둔덕리의 하루가 저물어간다.

　　　　　　　　　　　　　　　　　　　　- 수필 「둔덕리 연가」 중에서

산마루에 걸린 마지막 햇살을 거두고 해는 저물었다. 화장한 둘째 형님의 이승에서의 마지막 생을 뿌린 수목에도 어둠이 내려앉았다. 아직 더 많은 세월의 더께를 입어야 할 나이인데 속절없이 떠나가버렸다. 따뜻한 엄마의 등불을 잃은 삼 남매는 거친 바람을 스스로 막아내야 하는 두려움과 서러움에 처절히 몸부림쳤다.

내 안의 형님은 꺼지지 않는 등불이었다. 너무 화려하지도, 밝지도 않으며 가장 미천한 인생 여정까지 온전히 지켜줄 것만 같은 따뜻한 등불, 나 혼자였다면 막막했을 고비들을 헤쳐 주며 시련을 극복하게 해준 든든한 등불이었다.

나는 오늘 형님이 뿌려진 수목 앞에 서 있다. 나뭇잎 위에 산바람이 얹힌다. 서럽게 떨고 있는 나뭇잎은 울고 있다. 아니! 그녀가 울고 있다. 남아 있는 자신의 가족들을 살펴 달라 하며 애원하는 것 같았다. 그러나 아직 이별하지 않았다. 형님의 마음은 그대로 남아 불꽃을 감싼 등피처럼 남아 있는 가족들을 보호해 줄 것이라는 걸 안다.

– 수필「등불」 중에서

증평 '들노래 축제' 행사장이 있는 둔덕리 길 민속체험박물관은 길 놀이패와 풍물놀이패가 풍악을 울리고, 각설이 품바타령에 축제 분위기를 보여주고 있다. 김민정의 수필「둔덕리 연가」는 어느 날 이 민속체험박물관에 참관하여 시조경창대회를 감상하고 애끓는 목소리로 끊어질 듯 이어지는 노랫가락에 젖어든다. 나지막이 깔리는 대금 소리에 고독과 쓸쓸함을 맛보게 되는 체험관의 일정은 오후 5시 감자 캐기 체험을 끝으로 마무리된다. 그러나 이 수필이 독자에게 전달하려는 메시지는 '둔덕리의 연가'이다. 사전적 의미로 연가戀歌는 사랑하는 사람을 그리워하며 부르는 노래이다. 하지만 '둔덕리'라고 하는 이 공간성의 의도를 분석해 보지 않을 수 없다. '왜 둔덕리에서의 사랑일까'라는 의문이다. 작품 속 그 어디에도 연유는 밝히지 않고 있다. 다만 박물관 체험 이틀 후에 혼자 다시 찾은 둔덕리에서의 사유思惟가 그 해답을 얻게 한다. 영화 〈봄날은 간다〉의 주인공 상우와 은수의 사랑법을 은유적으로 대입시켜 독자의 시선을 끌어당기는 수법이다. '어떻게 사랑이 변하니?' '상우의 순정과 은수의 라면 사랑 같은 이기적인 사랑은 애초부터 이뤄질 수 없는 사랑이기에 함부로 애틋하게 다가왔던 기억이 있다.'는 점이다. '둔덕리 연가'는 그만큼 아릿한 정서가 살아 숨 쉬고 삶의 의미를 찾으며 마음을 한껏 기대게 했던 특정한 공간으로 존재한다.

수필 「등불」을 감상했다. 삶의 바다에 놓여진 모든 생물체들은 지금 이 순간에도 수없이 태어나고 수없이 사위어진다. 각기 주어진 빛깔대로 파릇한 생명의 옷을 입고 성장하며, 죽음의 그늘에 들어 생명의 옷을 내려놓게 된다. 눈보라 같은 삶의 역경에 도전하여 치열한 생활인의 자세를 보여 주었던 윗동서의 돌연한 파킨슨병 소식은 예기치 않는 아픔이었다. 화자에게는 등불처럼 마음의 위로가 되었던 그녀와의 이별 앞에서 슬픔을 견디지 못하게 된다. 이 수필은 한 여자가 아내로, 어머니로 최선을 다한 삶의 모습을 들려주고 안타깝게 죽음에 이른 과정을 전해준다. '하루도 잠잠한 날 없이 평생을 바람의 현을 켜며 살아온 여인, 실패와 격정의 높고 깊은 현이 울릴 적마다 믿음으로 이겨내곤 했던 여인, 그녀는 등피 없는 불꽃이었다'는 것이다. 가까이 정을 나누던 누군가가 세상에서 어느 날 존재를 비울 때 슬픔은 쉬이 사라지기 어렵다. 더구나 마음의 위로가 되어주던 '등불'과 같은 이가 곁을 떠나게 되어 안타까움이 깊다.

저녁 무렵, 친구 남편은 출하를 앞둔 새우를 건져 가져와 소금구이를 했다. 불기운이 닿자 굽은 새우 등이 빨갛게 꼬부라진다. 신선하고 통통한 새우 살이 입안에서 감돌았다. 휴대폰에 오라버니의 번호가 떴다. "너한테 몹시 섭섭하다. 너의 위치가 어디인가를 확실하게 정하라." 오라버니의 격정에 먼 곳으로 떠나왔어도 휴식은 없었다.

등 굽은 부모님의 사랑은 측량할 길이 없건만, 자식들끼리 등이 터진 우애는 끝 간 데 없어 보였다. 나를 둘러싼 경계의 문지방을 혼신을 다해 넘어왔어도 화해라는 더 높은 문지방이 기다리고 있다.

어느덧 구부능선 위로 보름달이 떴다. 달빛은 마을 뒤쪽에 멧봉우리를 타고 넘어가며 하늘과 경계인 지평선을 지웠다. 밝고 자유로운 달빛을 본다. 형제간에 배려와 욕심, 믿음과 반감이라는 조화할 수 없을 것 같은 두 경계를 허무는 월광이 내 가족에게도 비추기를 소원하고 있다. 언젠가는 볼 수 있을까, 그 평화로운 낯빛을. 지금 나는 또다시 문지방에 올라 서 있다.

– 수필 「문지방」 중에서

태양이 작열하는 스페인, 그 한복판에는 바르셀로나가 있고 그 정점에는 사그라다 파밀리아 성당이 서 있다. 하늘에는 축포를 쏜 듯 은회색 구름이 포연으로 뭉게뭉게 피어오르고 도시의 거리는 활기가 넘쳤다.

서서히 드러나는 성당을 보자 그 희열과 감동은 이루 말할 수가 없었다. 성당의 첫인상은 이글거리는 이베리아 태양 빛을 받고 자란 옥수수가 우뚝 서 있는 것처럼 보였다. 대서양의 기운과 스페인 사람들의 열정으로 몸집을 불리고 있는 성가족성당은 지중해를 밝히는 등대로써 바르셀로나의 아이콘임이 틀림없었다.

인간의 창의성의 끝을 보여주고 있는 가우디만의 형이상학적인 문양은 실로 경이로웠다. 성가족성당은 성경 한 권을 건물로 표현하고 있다. 파사드는 성당으로 들어가는 주 출입구를 뜻한다. 성당의 가장 큰 특징은 글을 모르는 사람도 파사드의 조각만 봐도 예수의 삶을 알 수 있도록 꾸며졌다는 것이다. 탄생-영광-수난 각 파사드마다 4개의 탑을 세우게 되는데 총 12개로 예수의 제자를 의미한다. 4기는 4복음서, 중앙의 가장 큰 탑은 예수를 상징하고 있다.

– 수필 「사그라다 파밀리아 성당」 중에서

문지방은 방의 두 문설주 아래 가로댄 나무를 말한다. 좌우 문설주의 균형을 잃지 않기 위해 구조된 경계인 셈이다. 지은 지 100년쯤 되었을 박공형 스레트 지붕을 한 지인의 고택에서 하루를 묵게 된 화자는 오래된 문지방을 발견하고 어린 시절 고향 집 문지방을 연상하게 된다. 문설주에 기대어 문지방을 딛고 내다보는 바깥마당과 아랫집을 내려다보던 모습이 떠오르고 우물가에 불도화가 흐드러지게 피어 있는 아랫집을 보고 있노라면 마음이 풍성해지고 저절로 기쁨이 넘치던 어린 시절이다. 그러나 이 수필 「문지방」은 아버지가 돌아가시고 남겨 주신 전답 몇 뙈기를 두고 다섯 딸과 두 아들의 팽팽한 분쟁 속에서 '나는 양쪽 어디나 속해 있었던 반면 어느 쪽에도 매이지 않는' 어설픈 자유를 문지방의 균형으로 지키는 경계인境界人을 자처하게 된다. 어느 쪽에도 기울어지지 않는 문지방의 본분이다. 가장 훌륭한 글은 주제가 선명한 글이라고 한다. 폐가의 문지방으로부터 고향 집 문지방에서 내다보던 아름다운 풍경에 이어 아버지의 유산으로 형제의 난을 겪게 되는 과정까지 양날의 문설주에 균형을 맞추는 문지방의 지혜로운 가치를 눈뜨게 한다.

수필 「사그라다 파밀리아 성당」은 스페인의 보물 가우디의 미완성 건축예술의 흔적을 섬세한 시각으로 짚어내고 있다. 세계 건축 예술 작품 중 가장 아름다운 풍모를 자랑하는 사그라다 파밀리아 성당은 예수님의 탄생, 영광, 수난까지를 출입구인 파사드에 조각하여 가우디만의 형이상학적인 문향을 입혀 글을 모르는 사람들도 소통할 수 있도록 배려하고 있다. 입장료와 자발적인 헌금으로 공사를 진행하고 있는 성당은 짓기 시작한 지 90년이 지났어도 망치 소리는 멈추지 않고 있다. 죽은 가우디가 지하에 누워 여전히 성당을 짓고 있는 까닭이라는 화자의 상상이 설득력을 더하게 한다. 성당 내부에 들어서면 가장 놀라운 것은 빛의 향연이다. 천장과 창문에서 쏟아지는 자연광이 마음을 편안하게 해 준다는 화자의 심경은 기독교 신자가 지닌 믿음의 깊이를 엿보게 하는 부분이다. 가우디는 어린 시절 숲 사이로 새어 나오는 빛을 보고 감동을 받아 그 순간을 건축에 구현해 냈다고 한다. 온통 가우디의 놀라운 창의력에 집중하게 되는 이 수필은 예술의 창의성이 신비의 세계를 여는 열쇠임을 기행수필의 일면으로 보여주고 있다.

햇살이 점점 서녘으로 기울 무렵 적막을 깨고 청동 오리 떼가 "끼룩 끼룩" 날갯짓하며 하늘로 비행한다. 〈엘 콘도르 파사〉를 나지막하게 불러본다. 하늘을 훨훨 나는 저 새가 되고 싶은 사람들은 고대로부터 지금까지 누구나 꿈을 꾸며 살아가고 있다. 마추픽추를 떠날 수밖에 없었던 고대 잉카인들도 그랬고, 오늘날 시리아인들도 생명과 안전을 찾아 날아가길 소망하고 있을 것이다. 그들에게 날개가 있다면 난민으로 표류하지 않고 고통 없는 새로운 자연 찾아 행복도 찾았을 것이다.

늪은 매년 침묵으로 철새들을 기다린다. 그러나 나는 기다림에 약했다. 나태함의 늪, 자만의 늪, 이기심의 늪에 빠져 스스로 갑갑해 했었다. 새는 늪에 빠지지 않는다. 인간은 알면서도 늪에 빠져 사는 경우가 종종 있다. 〈심우도〉의 수행자가 인간 본성을 찾아가듯 깨달음을 얻고서야 조금 알게 된다.

멀리 소목산 기슭으로 일몰이 시작되고 있다. 영화 속 한 장면 같은 비경이 연출되고 있다. 가슴이 뭉클해져 온다. 낮 동안 분주했던 우포늪이 서서히 문을 닫는다.

- 수필「새는 늪에 빠지지 않는다」중에서

마음이 허하거나 복잡할 때 짙은 물음표 하나를 물고 이곳을 찾을 때면 언제나 현답을 주는 궁남지는 연꽃 꽃말처럼 '그대에게 소중한 행운'을 안겨주는 자비의 연못이다. 이곳에서 하루는 동화처럼 흘러가고 추억은 구름처럼 흘러간다.

작은 씨알 하나가 성장하고 꽃을 맺기까지 때가 오기를 재촉하지 않아도 스르륵 문을 열어 꽃을 피우는 연꽃처럼 이제 서서히 중년의 고개를 넘어서고 있다. 인간과 자연 사이의 오래된 숨바꼭질 놀이에서 나는 언제나 술래를 자처하며 자연 속에서 많은 의미를 찾아내어 지혜를 터득한다.

오늘도 단 하나의 빛나는 길을 걸었다. 행복하고 풍요로움을 안고 오는 돌아오는 길이 내일이면 꿈으로 남을 것이다.

- 수필「연꽃길 따라」중에서

나도 어디론가 떠나고 싶어요/멀리 날아가 버린 한 마리 백조처럼
Away, I'd rather sail away/Like a swan that's here and gone

땅에 얽매여 있는 사람들은 세상을 향하여/가장 슬픈 신음소리를 내지요
A man gets tied up to the ground/ He gives the world its saddest sound

- 〈엘 콘도르 파사〉 중에서

〈엘 콘도르 파사(철새는 날아가고)〉는 페루(잉카)민요이다. 사이먼이 가사를 붙여 가펑클과 함께 불러 전 세계적으로 알려진 노래이다. 콘도르는 무엇에도 얽매이지 않는 자유를 상징하는 새의 이름으로 잉카제국의 슬픈 역사를 상징하는 듯 애절함을 담고 있다. 수필 「새는 늪에 빠지지 않는다」는 제목의 이 수필은 여고 시절, 하교 시간을 알리는 〈엘 콘도르 파사〉 음악이 교정에 울려 퍼지면 갈래머리를 나풀거리며 수업을 마친 학생들은 철새 떼가 무리를 지어 떠나듯 교정을 떠나는 그림을 인상적으로 보여준다. 학업에 얽매이지 않아도 되는 시간, 자유롭게 비상하는 새가 되어 각기 자신이 추구하는 의도대로 교문을 떠나는 모습이다. 다만 이 자유 지향적 갈망의 도입부는 우포늪에 날아드는 철새나 자연 생태계를 이루는 생명들에 대한 관심의 조건이며 '자유'라는 의식의 비유적 소재이다. 때로는 울음소리로 소리를 지르기도 하고, 격정에 몸부림도 쳐보고, 억울할 때 분노로 대립하기도 하는, 이별 앞에선 통곡도 할 수 있어 거대한 늪(모순)의 그늘에 빠지지 않는 철새 한 마리가 되고 싶은 갈망의 표출이다. 어딘가에 매이지 않는 자유로운 영혼이 가닿아야 할 날개의 행복을 염원하고 있다. 물론 이는 수행자가 인간 본성을 찾아가듯 깨달음으로부터 연유되는 일임을 제시하고 있다.

화과동시花果同時는 꽃과 열매가 동시에 피는 연꽃을 두고 하는 제언이다. 수필 「연꽃길 따라」는 가시밭길에서도 꽃을 피울 수 있었던 삶의 지혜를 체득하게 한다. 삶이 많이 흔들리고 있었을 때 지인에게 연꽃 사진을 선물로 받았다고 하는 이 수필은 연꽃의 삶의 궤적을 지표로 따르려는 의도이다. 연꽃은 화과동시花果同詩 식물로 꽃과 열매가 동시에 맺게 되는데, 꽃은 원인이며 열매는 결과이어서 나의 과거가 원인이 되어 나의 현재가 되고, 나의 미래는 현재의 나의 행위에 의해 결정된다는 것이다. 누구나 삶의 모든 결과가 내게로 오듯, 그 원인은 모두 나에게 있음을 깨달아야 한다는 수필이다. 일이 뜻대로 되지 않을 때마다 상대방을 탓하고 하늘을 원망하며, 마음의 가시를 세웠던 날에 지인의 지혜로운 선물 덕분에 가시밭길처럼 어려운 일을 헤쳐 나갈 수 있었다고 하는 이 수필은 원인과 결과에 대한 깊은 성찰이며 과거와 현재와 미래로 잇는 삶의 모든 과정은 스스로가 알게 모르게 쌓아 놓은 인과적 결과임을 연꽃의 화과동시花果同詩로 깨닫게 된다. 때문에 '인간과 자연 사이의 오래된 숨바꼭질 놀이에서 나는 언제나 술래를 자처하며 자연 속에서 많은 의미를 찾아내어 지혜를 터득한다. 오늘도 단 하나의 빛나는 길을 걸었다. 행복하고 풍요로움을 안고 오는 돌아오는 길이 내일이면 꿈으로 남을 것이다.' 라고 말할 수 있었을 것이다.

수필은 사실 체험의 문학이지만 체험의 사실적 표현만으로 말하지 않는다. 문학은 쓰는 이의 사고로부터 추출된 사유의 세계를 향한 비상한 날갯짓이다. 체험의 그 무엇이 내포한 심도 깊은 세계를 건설하지 않으면 소귀의 결실을 체득하기 어렵다. 김민정 수필의 장점은 끊임없는 관조를 통한 깊은 사유이다. 글이 시작되는 시점으로부터 끈질기게 피력하는 자신과의 싸움은 '나는 이 수필의 이야기를 왜 하는가'에 있다. 이 체험의 가치는 무엇이며 그에 대한 나 자신만의 특화된 해답을 얻어내는 일이다. 김민정 수필은, 종래에는 심오한 성찰의 경지에 이르러 광활한 깨달음의 깊이에 닿게 하여 독자의 의식을 새롭게 열어내고 있다.

　김 수필가의 첫 수필집 읽기를 이쯤에서 접으려 한다. 수필 등단 10년만의 결실이다. 다소 그 걸음이 긴밀하지 못했던 듯싶지만 그만큼 신중한 숙성의 기간이 감동적인 수필을 생산했으리라는 생각이다. 좋은 수필이 많아 감상하는 내내 행복했다. 자연 속 대상들과 하나가 되어 동일시 물아일체物我一體의 경지에 이르는 시선들이 따뜻했다. 또한 기행수필에 나타난 세심한 관찰력과 다양한 소재들이 접목된 수필들을 통하여 풍부한 지식과 상식이 내재되어 있는 수필가라는 사실을 확인했다. 시를 쓰는 '시인'을 겸하고 있는 까닭인지 이미지가 풍부한 문장의 구체적 표현들이 예술문장의 가치를 한층 아름답게 형상화하고 있다는 사실을 발견할 수 있었다. 이제 더 큰 문학의 바다로 나아가 영역을 넓혀 주시기 기대하며 첫 수필집 출간을 축하드린다.

여
백
에

핀

꽃

여백에 핀 꽃

김민정 수필집